Wenn ich an Weihnachten denke ...

Prominente erzählen

Herausgegeben
von Marie-Luise Marjan

Ullstein

Die Deutsche Bibliothek – CIP-Einheitsaufnahme

Wenn ich an Weihnachten denke …
Prominente erzählen
Marie-Luise Marjan (Hrsg.). – Berlin: Ullstein, 1999
ISBN 3-550-08308-4

1. Auflage August 1999
2. Auflage November 1999

Mit Zeichnungen von Wolfgang Schedler

Satz: Dörlemann Satz, Lemförde
Druck und Bindung: Graphischer Großbetrieb Pößneck GmbH,
Pößneck
Printed in Germany 1999
ISBN 3 550 08308 4

Gedruckt auf alterungsbeständigem Papier
mit chlorfrei gebleichtem Zellstoff

Wenn ich an Weihnachten denke …

Inhalt

Vorwort

»Was wünschst du dir zu Weihnachten?« Diese Frage wird jedes Jahr aufs neue gestellt.

»Eine Weihnachtsgeschichte.«

»Was, nichts Materielles – *nur* eine Geschichte?«

»Ja, nur eine Geschichte, die dir zum Thema Weihnachten einfällt. Und schreib sie schön bunt und ausführlich auf.«

Hier sind nun die Beiträge, die mir meine Freunde und Bekannten aus den unterschiedlichsten Bereichen meines Lebens geschenkt haben: Schauspielkollegen, Produzenten, Sänger, Schriftsteller, Maler, TV-Journalisten und Politiker.

Für ihre kreative Begeisterung bedanke ich mich von Herzen und freue mich besonders darüber, daß die Geschichten an so vielen verschiedenen Orten der Welt spielen, z.B. in Israel und Italien, in Rußland, Neuseeland und Japan, in Luxemburg, in der Schweiz und in Mittelamerika – und nicht zuletzt natürlich in Deutschland, im Westen und im Osten.

Ihnen, liebe Leserinnen und Leser, wünsche ich mit diesen besinnlichen und heiteren Geschichten viel Freude.

Frohe Weihnachten!

Ihre

Marie-Luise Marjan

Wolf von Lojewski

Der unvollkommene Tannenbaum

Es war auf einer Weihnachtsfeier im Herz-Klinikum in Heidelberg. Ein fröhlicher Anlaß, eine erwartungsvolle Gemeinde. Kinder waren versammelt und ihre Eltern, Ärzte und Pfleger. Erkennbar krank war eigentlich keiner. Nur ein paar Kleinigkeiten waren anders als sonst bei Weihnachtsfeiern. Ein junger Arzt kam herein, den die Kinder kannten und freundschaftlich begrüßten. Er zog seinen Kittel aus und zwängte sich in einen langen, roten Mantel, stülpte sich eine Zipfelmütze über, hängte sich einen weißen Bart unters Kinn, und plötzlich stand da der Weihnachtsmann.

»Sie müssen verstehen«, erklärte der Arzt neben mir, »daß wir die Kinder nicht erschrecken wollen. Jede plötzliche Erregung kann ihr kleines Herz zu stark belasten.« Dem Weihnachtsmann müsse jeder Schrecken genommen werden – alles Bedrohliche und Abrupte –, denn all die munteren Kinder in der Runde waren mit Herzfehlern geboren – einige mit Trennwänden zwischen ihren Herzkammern, so dünn wie Papier. Viele von ihnen seien mehrfach operiert, einige schon gleich nach ihrer Geburt und sozusagen in der Herzklinik zu Hause ... Fair ist das nicht vom Schicksal, aber – Gott sei Dank – kann die Medizin heute ja schon einiges wieder reparieren und den mit einem Handicap startenden Jungen und Mädchen eine gute Chance geben zu leben. Natürlich ist jedes Wachsen auch mit einem Größerwerden des Herzens verbunden, und so manche Operation muß immer und immer noch einmal wiederholt werden, bis die Pumpe unseres Lebens seine endgültige Größe erreicht.

Meine Aufgabe war es, ein Weihnachtsmärchen vorzulesen. Pippi Langstrumpfs Abenteuer hatte man mir zugeschickt und noch ein paar andere hübsche Geschichten zum Warten auf die Bescherung. Ich hatte mich schwergetan mit der Entscheidung, dann plötzlich kam mir die Idee. Und so begann ich, dem kleinen Kreis etwas Selbsterlebtes vorzutragen: die Geschichte vom häßlichsten Tannenbäumchen der Welt …

An das Jahr konnte ich mich nicht mehr erinnern. Weihnachten kommt und geht im Laufe eines Journalistenlebens wie Parteitage oder Gipfeltreffen. Irgendwann schmücken die Geschäfte ihre Schaufenster, und alle Erwachsenen – die meisten jedenfalls – stellen mißmutig fest, wie schnell doch so ein Jahr vergeht. Weihnachten – ist das nicht gerade erst gewesen? Wem mußt du was schenken, wann hast du noch Zeit, es zu kaufen, und weiß der Himmel, was?

Es war in Kiel, und ich lebte damals noch bei meinen Eltern. Ich war schon Journalist und arbeitete beim Fernsehen und fuhr ein Auto, das etwas zu teuer war für einen jungen Mann in meinem Alter und eigentlich nur meine Bedeutung heben und meine Persönlichkeit unterstreichen sollte. Das Fernsehen begann sich gerade erst durchzusetzen, und alle Menschen waren voller Bewunderung für dieses Medium und für die übernatürlichen Gestalten, die sie plötzlich in ihren Wohnstuben aufleuchten sahen. Mit dem schnellen – und eben auch etwas zu teuren – Auto fuhr ich kreuz und quer durch Norddeutschland – politischen Themen und aufrüttelnden Skandalen auf der Spur …

Ja, ich hatte meinen Eltern wohl fest zugesagt, mich – wie jedes Jahr – auch diesmal wieder um einen Tannenbaum zu kümmern. Doch damit ließ ich mir viel Zeit, denn ich war ja gar nicht zu Hause in den letzten Wochen vor dem Fest, sondern in wichtiger Mission irgendwo unterwegs. Am Heiligen Abend, morgens schon so etwa um 10 Uhr, zog ich dann aber los zu den üblichen Straßenecken und Plätzen, um der Familie den Lichterbaum zu beschaffen.

Hier machte ich eine Pause in meiner Geschichte und schweifte wieder einmal ab und erzählte meiner kleinen Gemeinde, wie schwer es Tannenbäume haben im Wettbewerb um die Gunst der Menschheit. Denn während Menschen selbst mal dick sind und mal mager, mal spitze und mal breite Nasen haben, man diesem grobe und jenem dünne Arme nachsieht, hier einen langen und dort wieder einen zu kurzen Hals, ist der Schönheitsanspruch an den Weihnachtsbaum ganz streng und unduldsam.

So ein Baum – ob groß oder klein – muß gerade gewachsen sein wie ein Besenstiel, von gleichmäßiger Verteilung seiner Äste – unten stark und weit und dann nach oben von Stufe zu Stufe kürzer, bis schließlich die kräftige, nicht zu kurze, nicht zu lange Spitze das Draufsetzen eines Sterns oder eines Engels gestattet. Außerdem muß ein jeder Ast so harmonisch über den Stamm verteilt sein, daß die Äste über ihm keinesfalls seinen Kerzen zu nahe kommen können. Denn sonst könnten die kleinen Flammen sehr leicht einen Stubenbrand entfachen. »Ihr seht«, sagte ich den Kindern in festlicher Bescheidenheit, »ich bin ein Experte, eine Autorität für Weihnachtsbäume!«

Und noch etwas schob ich hier ein, das den noch unschuldigen Seelen einmal eine Hilfe sein könnte beim Einstieg in das rauhe Wirtschafts- und Erwachsenenleben: »Der Handel mit Tannenbäumen ist nun einmal ein Saisongeschäft. Es hätte keinen Sinn, einen Fachhandel oder gar ein Kaufhaus für Weihnachtsbäume zu betreiben, weil man damit nur in der Adventszeit etwas verdienen kann, und den Rest des Jahres stehen die Verkäufer völlig frustriert herum und warten vergeblich auf Kundschaft. Die, die mit Tannenbäumen handeln, tun dies als Nebenbeschäftigung, zum zusätzlichen Verdienst, und nur einmal im Jahr erlaubt ihnen die Polizei ihr munteres Treiben auf offener Straße.«

Nach soviel Theorie auf einer Weihnachtsfeier aßen wir erst einmal einen Keks und sangen ein Lied, denn das Geschäft mit Tannenbäumen ist eine sehr komplizierte Wissenschaft, und als Fernsehmensch habe ich gelernt, mit der Gefahr umzugehen, daß ein Publikum sehr schnell ermüden kann. Danach also ging diese Vorlesung weiter, und ich machte mich daran, meiner inzwischen gestärkten Zuhörerschaft in diesem Krankenhaus noch weitere Lektionen über Chancen und Risiken des Wirtschaftslebens zu erteilen. »Ihr könnt euch vorstellen, daß es verhältnismäßig einfach ist, eine Bäckerei zu betreiben. Tagtäglich backt der Bäkker sein Brot, und seine Frau weiß genau, wie es den Leuten schmeckt und wie viele Brote sich Tag für Tag in ihrem Laden absetzen lassen. Ganz anders ist die Sache, wenn einer nur einmal im Jahr mit seinen Tannenbäumchen an einer Straßenecke steht. Die Kunden kommen von überall her. Der eine kauft sein

Bäumchen hier und der andere dort. Wenn ein Tannenbaum-Verkäufer das Risiko scheut, dann kauft er beim Großhändler nur zwanzig oder dreißig Bäumchen ein und stellt dann hinterher fest, daß er alle schon nach drei Tagen verkauft hat, und er ärgert sich, weil er gut und gerne die dreifache Menge hätte absetzen können. Im Jahr darauf kauft er dann hundert oder zweihundert Bäumchen, und wenn die Kollegen an der nächsten und an der übernächsten Ecke in dem Jahr genauso kalkulieren, dann stehen sie alle am Heiligen Abend mit ihren Bäumen da und werden sie nicht los. Vor dem nächsten Weihnachtsfest sind sie dann wieder besonders vorsichtig, und alle kaufen sie viel zu wenige ein, und die Kunden suchen verzweifelt nach einem Bäumchen, und jeder muß sehen, daß er noch einen abbekommt. So geht das von Jahr zu Jahr, so funktioniert die Wirtschaft ... Ihr seht«, schloß ich stolz diese etwas schwierige Lektion: »Wer den Zyklus der Weihnachtsbäume begreift, der versteht das Leben!«

Meine Zuhörer nahmen diese Weisheiten gelassen auf, aber nun waren sie seelisch und wissenschaftlich gestärkt, die volle Tragweite dessen zu überschauen, was an jenem Weihnachtsfest in Kiel geschah. Also: Es war eins der Jahre allseits geringer Risikobereitschaft, und ich zog von einer Straßenecke zur nächsten – und nirgendwo ein Weihnachtsbaum! Da und dort ein paar abgebrochene Zweiglein oder Tannennadeln, die auf dem noch ungefegten Bürgersteig untrügliche Zeichen dafür waren, daß hier mal jemand mit Bäumchen gehandelt hatte ...

Ich verließ die Grenzen unseres Stadtteils und fuhr und fuhr weit über meine üblichen Reviere hinaus, und überall, wo ich nach einem Verkaufsstand für Tannenbäume fragte, erinnerten sich die Leute, daß sie dergleichen durchaus schon mal gesehen hätten, aber das sei nun schon Tage her. Mal erntete ich ein mitleidiges, mal ein vorwurfsvolles oder gar schadenfreudiges Lächeln. Und schließlich wurde mir angst und bang, denn ein schlechtes Gewissen hatte ich schon, wieder einmal meinen Beruf und dieses drogenhafte Fernsehen viel zu wichtig genommen und mich um Weihnachten und um die Familie erst so spät gekümmert zu haben.

Plötzlich – aus meinem schneidigen Auto heraus – sah ich einen Mann mit einem Besen und einer Karre und nicht weit von ihm entfernt etwas Grünes. Kein Zweifel, was dort an einem Verkehrsschild lehnte, war ein Tannenbaum! Ich bremste hart und hastete an die Stelle und hatte panische Angst, es könnte im Bruchteil einer Sekunde noch jemand schneller sein und mir den letzten Weihnachtsbaum in der ganzen Stadt vor der Nase wegschnappen. Ich hechtete geradezu aus dem Auto und stand ... vor dem häßlichsten, zerrupftesten Tannenbaum der Welt!

Er war schief und bestand aus wenigen, krummen Zweiglein – die einen zu dick und die anderen ganz schwächlich, einige waren auch abgeknickt, und die Nadeln hingen braun und traurig herunter. Unten war er sehr klobig und oben ganz mickrig und zerzaust und außerdem noch kahl an dieser und an jener entscheidenden Stelle. Er war schlichtweg ein Stück Müll, das der Mann mit dem Besen gerade auf seinen Karren schmeißen und irgendwo entsorgen wollte ...

»Ich suche einen Tannenbaum«, sagte ich tapfer, »kann ich den haben? Was kostet er?« Der Mann wollte gar nicht wieder aufhören zu lachen, brach dann plötzlich ab und sagte streng: »Sie wollen mich auf den Arm nehmen! Aber wenn er Ihnen wirklich gefällt, nehmen Sie ihn, er kostet nichts. Nur eins muß klar sein: Wenn Sie dann doch zurückkommen sollten, und ich erwische Sie dabei, daß Sie dieses Gestrüpp wieder auf die Straße schmeißen, und ich muß nochmals los und die Straße säubern, dann können Sie mich mal richtig böse erleben!«

Ich lud den Baum ein. Meine Mutter sagte nichts, als ich ihn verschämt in die Wohnung schleppte. Und da ich auch zuständig war für das Schmücken der Weihnachtsbäume, nahm ich all meine künstlerischen Eingebungen und Talente zusammen, hängte und schob stundenlang Kugeln hin und her, versuchte irgendwo Kerzen anzubringen und auch die letzte braune und kahle Stelle mit Lametta zu verdecken. Ich rangierte dieses Ungetüm von einem Weihnachtsbaum Zentimeter um Zentimeter nach jeder nur denkbaren Seite, um die Stelle nach vorne zu drehen, die noch am wenigsten häßlich erschien. Der Rücken und die Schrägen des Bäumchens wurden so fest und geschickt in eine Zimmerecke gedrückt, daß der eintretende Betrachter all die Verstümmelungen und offenen Wunden nicht sehen konnte.

Als die Zeit der Bescherung kam, durften meine Eltern ins Weihnachtszimmer. Auch Vater sagte kein Wort, er schaute stumm und fast so besinnlich wie immer auf die brennenden Kerzen. Meine Mutter mußte ihn wohl vorbereitet und ins Gebet genommen haben – wenn, dann nicht sofort zu explodieren und damit jeden Ansatz von Weihnachtsstimmung von vornherein zu ruinieren. Wir tauschten Geschenke aus, wünschten uns alles Liebe, wir sangen Weihnachtslieder, und schließlich stellte mein Vater fest: »Der Baum hat irgendwie Charakter!« Selten zuvor war mir so heiß und so weihnachtlich zumute. Ich war bereit, zu beichten und mich zu bessern, bereit zu Frieden und Versöhnung mit allem und jedem und war auch fest entschlossen, an alles zu glauben, was die Weihnachtslieder aus dem Radio versprachen.

Von Tag zu Tag liebten wir unseren Weihnachtsbaum mehr. Und, so schloß ich meine Geschichte auf der Krankenstation, dieser Baum – welches Jahr auch immer es gewesen sein mag – ist der Weihnachtsbaum, dessen Lichter noch heute in meiner Seele brennen. Nie werde ich ihn vergessen.

Die Kinder fanden die Geschichte soweit ganz in Ordnung und machten sich wieder über die Kekse her. Und das wiederum ermutigte mich, noch ein paar Sätze recht allgemeiner Art zu sagen – sozusagen meine Erfahrungen im Umgang mit Menschen wiederzugeben. »Wir alle wissen ja, daß es Jungen und Mädchen und Frauen und Männer gibt, die schön sind und gut gewachsen und somit bei äußerer Betrachtung ganz ohne Fehler. Die haben viele Freunde. Und dann gibt es welche, die sind mit ein paar kleinen Unebenheiten auf die Welt gekommen. Dem einen stehen die Ohren ab, eine andere schielt, oder – wie's euch nun einmal ergeht – jemand wird mit einem kranken Herzen geboren. Meine Erfahrung ist, daß es nicht immer die Wundervollen und Artigen und Fleißigen und Klugen sind, die man als Freundinnen und Freunde suchen muß. Die Schönen und Idealen – nicht alle natürlich –, die können doch sehr mit sich selbst und ihrer Schönheit beschäftigt sein. Und das füllt sie aus, und für jeden Gedanken an anderes und an andere bleibt nicht mehr viel Energie und Interesse. Manchmal kann Schönheit sogar ein bißchen langweilig sein. Alles ist so perfekt und so selbstverständlich.«

Und so schloß ich diese Weihnachtsgeschichte: »Denkt irgendwann einmal, erinnert euch gelegentlich an meinen Tannenbaum! Krumm war er und zerzaust, und keiner wollte ihn haben. Und doch: In meinem Leben ist er etwas sehr Besonderes gewesen. Für mich war er das schönste Bäumchen, vor dem ich je das Weihnachtsfest gefeiert habe. Alle anderen habe ich bald wieder vergessen.«

Die Kinder fanden auch dies soweit in Ordnung, und wir haben wieder Kekse gegessen und Lieder gesungen. Und daß etwa sie selbst – der kleinen kranken Herzen wegen – nicht die perfekten Bäumchen sein könnten im Sturm des vor ihnen liegenden Lebens, das ist ihnen gar nicht erst in den Sinn gekommen. Denn es ist da etwas mit dem Herzen, das stark macht und schön, etwas, das man nicht sehen und nicht messen kann. Aber ganz fest spüren.

Tamara Groeger-von Solodkoff

Die Frage nach dem Christkind

Es war einmal ein kleines Mädchen, das eines Tages im Advent plötzlich Zweifel bekam, ob es denn wirklich ein Christkind gibt. Und weil es mit seinen Zweifeln nicht zu den Eltern gehen mochte, die sich schon so sehr auf das Christkind freuten, schrieb es kurzerhand an die Zeitung, die jeden Tag im Briefkasten lag.

»Lieber Herr Reporter,
ich heiße Susanne und bin 7 Jahre alt.
Einige meiner Klassenkameradinnen haben gesagt, daß es gar kein Christkind gibt. Mein Papa hat mir einmal erzählt, was in der Zeitung steht, ist richtig und wahr – bitte, sagen Sie mir doch jetzt, was richtig und wahr ist. Gibt es ein Christkind?
Deine Susanne«

Glücklicherweise gelangte der Brief in die Hände eines Redakteurs, der die Frage der kleinen Susanne wichtig genug nahm, um ihr zu antworten:

»Liebe Susanne,
ich denke, daß die Kinder in Deiner Klasse nicht recht haben, wenn sie glauben, daß es kein Christkind gibt. Höchstwahrscheinlich sind sie der Meinung, daß man nur an das glauben kann, was man auch sieht. Das liegt sicher auch ein bißchen daran, daß Ihr noch ziemlich jung seid und Euch noch nicht

vorstellen könnt, was es so zwischen Himmel und Erde alles gibt. Überlege doch mal: Kann man die Liebe sehen, die Freundschaft oder das Glück?
Eben, sehen können wir dies alles nicht, aber fühlen. Und so ist es auch mit dem Christkind. Wir können es nicht sehen, doch wenn an Weihnachten die Kerzen angezündet werden, dann ist da ein Gefühl von Liebe und Glück in uns. Das hat nicht nur etwas mit den Geschenken zu tun, die wir bekommen, das hat zu tun mit der Liebe, die dahintersteckt. Da hat jemand darüber nachgedacht, wie er Dir eine Freude machen kann, weil er Dich liebt. Deine Eltern zum Beispiel oder Deine Freundinnen. Vielleicht sollten wir uns darauf einigen: Es ist das Christkind, das darauf aufpaßt, daß die Menschen sich liebhaben und es sich zuweilen auch sagen und fühlen lassen. Ist es da noch so wichtig, daß wir es auch sehen? Ich glaube nicht. Versuche mal Deinen Freunden das Christkind so zu erklären. Ich bin sicher, sie werden es verstehen, und Ihr könnt Euch wieder viel mehr auf Weihnachten freuen. Denn was wäre Weihnachten schon ohne das Christkind?«

Ute-Henriette Ohoven

Vater schmückt den Baum

Weihnachten bei uns – meine Erinnerungen wandern in mein Elternhaus.

Vater war ein erfolgreicher schwäbischer Unternehmer. Deshalb gehörte es zu seinem Selbstverständnis, sich um sozial schwächere Mitmenschen zu kümmern. Besonders aber um Kinder. Das ging weit über den Kreis seiner Mitarbeiter, denen er wie ein Patriarch begegnete, hinaus. Er engagierte sich in unserer kleinen Stadt überall, wo es notwendig war. Uns Kindern predigte er immer: »Wer in der Sonne steht, darf die im Schatten nicht vergessen.«

Deshalb fand jedes Jahr im Advent eine Weihnachtsfeier für die Belegschaft und deren Kinder statt. Dabei wurden alle Kinder mit Geschenken bedacht. Nur wir eigenen nicht. Unsere Weihnachtsfeier war ja immer am Heiligen Abend.

Obwohl ich das wußte, empfand ich es als ungerecht, daß meine fünf Schwestern und ich – als blondes Engelchen im weißen Hemdchen mit goldenen Sternen und Flügelchen – auf der Bühne stehen, Lieder singen, Gedichte vortragen mußten, einfach die Unterhalter für die Gäste waren. Die Kinder schauten uns zu, während sie Kuchen und Süßigkeiten aßen, Kakao mit Sahne hinunterschlürften (mein Lieblingsgetränk) und dann noch die vielen bunten Geschenke auspackten. Das war doch alles zuviel. Das einzige, was mich tröstete, war, daß Vater jedes Jahr am Weihnachtsmorgen zu mir kam, weil er mich wohl für besonders kreativ hielt, und sagte: »Komm, wir müssen den Baum schmücken!« Der mußte von besonderer Pracht und Farbe sein, eigentlich glich er immer einem Kunstwerk.

Wir gingen zusammen in unser Jagdzimmer. Dort stand schon der riesige Weihnachtsbaum, den Vater frühmorgens mit dem Fahrer in unserem Wald geschlagen hatte. Wir beäugten ihn von allen Seiten, damit wir auch die schönsten Zweige vorne hatten. Jetzt ging es so: Papa setzte sich genüßlich mit einem Cognac auf die Couch. Er kommandierte die ersten fünf Kugeln auf ihren Platz. Jede Kugel wurde circa zehnmal einen Millimeter weiter nach vorne oder nach hinten korrigiert.

Langsam lehnte er sich zurück und wurde immer ruhiger, und es dauerte etwa 10 Minuten, dann schlief er selig ein und schnarchte vor sich hin. Ich turnte derweilen drei Stunden am Baum herum. Nachdem ich ihn mit Kugeln, Engelchen, Süßigkeiten und über und über mit Lametta geschmückt hatte, betrachtete ich kritisch mein Werk. Nun war ich endlich zufrieden und weckte Papa. Er streckte sich, räusperte sich und stellte sich fachmännisch vor den Baum, war geblendet und verzückt von »seinem« Kunstwerk und rief lauthals meine Mutter zu sich. »Schau«, sagte er sehr überzeugt, »haben wir den Baum nicht wunderschön gemacht?« And every year the same procedure.

An den weihnachtlichen Traditionen wurde gnadenlos festgehalten. So erwartete mein Vater – und für ihn war das eine Selbstverständlichkeit –, daß sich die ganze Familie am Heiligen Abend um 20.00 Uhr im Margarethenhof zur Weihnachtsfeier versammelte.

Das blieb auch so, als ich verheiratet und Mutter zweier kleiner Kinder war. Wir wohnten 30 km entfernt in Richtung Schwarzwald. Ganz gleich, ob es Eis und Schnee gab, es war Weihnachten! So kamen mein Mann und ich auf die Idee, die eigene Bescherung mit unseren Kindern auf fünf Uhr nachmittags vorzuverlegen. An diesem Tag hatte ich immer besonderen Streß, und deshalb gab es Grillwürste und Kartoffelsalat. Danach war Bescherung.

Die Kinder packten erregt und mit hochroten Bäckchen ihre Geschenke aus. Kaum hatten sie verzückt gequietscht und Freudenschreie von sich gegeben, packte ich alles schnell wieder ein, und es ging mit Sack und Pack über die verschneite Schwäbische Alb zu Oma und Opa. Die Kinder bestanden darauf, alles, aber auch alles mitzunehmen, und so waren wir mit Dreirädchen, Roller, Puppen und dergleichen im vollgepackten Auto unterwegs. Kaum angekommen, wurde erneut zu Abend gegessen, was für die Kinder ein Horror war, denn sie wollten nicht schon wieder am Tisch sitzen, sondern spielen. Doch Vater war glücklich – wir waren alle da.

Dann betraten wir unser Jagdzimmer – und der Baum war der prächtigste und glänzendste.

Wenn ich heute mit gleicher Liebe und Hingabe mit meinen Kindern den Weihnachtsbaum schmücke, höre ich Papa sagen: »Schau, haben wir den Baum nicht wunderschön gemacht?«

Guido Westerwelle

Die Wollstrickstrumpfhose

Meine erste Erinnerung an Weihnachten ist sehr kratziger Natur. Sie dreht sich um eine Wollstrickstrumpfhose, in die mich meine liebe, leider mittlerweile verstorbene Großmutter stets hineinzwängte, wenn sie bei uns im Winter zu Besuch war. Und Weihnachten war sie eben zu Besuch und achtete darauf, daß wir Kinder uns »nicht verkühlten«. Lange Unterhosen sind schon lästig genug. Aber eine gestrickte wollene Strumpfhose »unten drunter« tragen zu müssen, das war erniedrigend, juckte und kratzte, vor allem, wenn man vor Aufregung schwitzte, und kostete als Anziehprozedur enorm viel Zeit. Zeit, die man natürlich nicht hatte, weil man doch sehnsüchtigst auf die Weihnachtsgeschenke wartete. Man konnte gegen diese wollene, kratzende Strumpfhose bei den Eltern so lange und so laut protestieren, wie man wollte. Es half nichts. Gegen Oma und ihr »damit ihr euch nicht verkühlt« waren auch die Eltern machtlos. Da war auch Papa nur Sohn. Sich mit unserer resoluten Oma anzulegen war völlig aussichtslos, auch für Erwachsene, das verstanden wir Kinder schnell. Als einziger Trost in diesem Strumpfhosenmartyrium erschien mir wenigstens die Gerechtigkeit, daß alle drei Brüder (auch die beiden älteren) um ihre Strumpfhosen nicht herumkamen.

Überhaupt war in diesen Tagen alles anders, nicht nur, aber auch, weil Oma uns besuchte. Sie stammte vom Lande und ging schon Anfang der sechziger Jahre, als wir kleine Kinder waren, auf die Siebzig zu. Ihr Mann, mein Großvater, ein Handwerker, den sie als Bauerntochter aus Liebe geheiratet hatte, war schon vor meiner Geburt verstorben. Oma hatte wirklich die schlechten Zeiten erlebt, was sie verständlicherweise geprägt hat. Sie ist mit weit über 90 Jahren gestorben, aber ihr ganzes Leben lang hat sie uns Ehrfurcht vor dem Wohlstand, der sich so langsam in den sechziger Jahren breitmachte, gelehrt. »Schmeiß dein Pausenbrot nicht weg« war eine ihrer Regeln, die wir uns nicht zu mißachten trauten, und wenn doch einmal, dann nur unter größten Gewissensnöten. Wer wie meine Oma in schweren Zeiten groß geworden ist und Kinder durchbringen mußte, der konnte zum Beispiel nicht verstehen, daß man Kaninchen nur deshalb hielt, damit die Kinder sie streicheln konnten. Wurden also der Kaninchen durch Fortpflanzung im hiesigen Kaninchenstall zu viele, ging Oma zum Schlachten. Dann gab es in den Weihnachtstagen Kaninchenbraten. Natürlich war der richtig lecker. Aber so ein totes Kaninchen, das, an den Pfoten zusammengebunden, an der Türklinke hängt, damit es unter viel Krafteinsatz abgezogen werden kann, ist ganz gewiß kein Anblick, den Kinder lieben. Zum Trost bekamen wir jedesmal eine kleine Kaninchenpfote. Heute erscheint mir das schrecklich. Damals fand ich diese Kaninchenpfoten nur schön weich.

Überhaupt bin ich mit vielen Tieren groß geworden, und die meisten konnte man Gott sei Dank nicht essen. Wir hatten Hunde und Katzen, und mein Vater war und ist immer noch ein Pferdenarr. Zu meinen ersten Erinnerungen zählt, wie mich mein Vater auf einem Pferd festhält. Und ich erinnere mich noch sehr genau an dieses herrliche Weihnachtsfest, an dem mir meine Eltern ein eigenes Pony schenkten. Ein eigenes Pony! Kann man sich das Ausmaß meiner Begeisterung vorstellen? Ich sah mich schon als Cowboy oder Indianer auf dem Ponyrücken durch die Wälder reiten, was ich in schillerndsten Farben sofort meinem Bruder klarmachte. Er bekam zu Weihnachten ein kleines Kettcar geschenkt. Mit einem echten Pony konnte das natürlich nicht mithalten. Er hatte es sich zwar gewünscht, jetzt aber, als er das Pony sah, war er doch tief enttäuscht. Das Kettcar landete etwas später als Geschenk meiner Eltern im örtlichen Kinderheim, und mein Bruder bekam ebenfalls ein Pony. So toll war das mit dem Pony dann später doch nicht, denn so ein Tier macht Arbeit. Meines war übrigens ein Hengstpony und entsprechend ungestüm. Ich erinnere mich an zahllose blaue Flecken, die es mir zufügte. Die Begeisterung für das Pony nahm mit jedem blauen Fleck und jedem Ausmisten des Stalles deutlich ab. So ist das eben manchmal, wenn einem Träume erfüllt werden und die Realität und Verantwortung einen einholen. Was bleibt, ist die lehrreiche Erfahrung, daß Tiere nicht nur Freude, Spaß und Spiel bedeuten, sondern auch Pflege, Kümmern und Verantwortung.

Ich hatte später noch viele schöne Weihnachtsfeste. Selbst als meine Eltern sich scheiden ließen, war Weihnachten stets ein Familienfest und fast immer auch besonders schön. Wir feierten Heiligabend mit Vater und der Familie väterlicherseits. Am ersten Weihnachtstag ging es dann zur Mutter und der Familie mütterlicherseits, wo mit weiteren Geschenken gefeiert wurde.

Ich habe auch einmal ein saudummes Weihnachtsfest erlebt. Und das ist gar nicht lange her: Vor zwei Jahren wollte ich unbedingt über die Weihnachts- und Silvestertage die Arbeiten an einem Buch beenden. Mit der Abgabe des Manuskripts war ich gegenüber dem Verlag nämlich im Wort, und der Abgabetermin war bedrohlich nahe. Ich habe dann auch gearbeitet und viel geschrieben, alleine in meiner Wohnung. Trotz Laptop und Manuskriptstapeln – irgendwann am frühen Abend überfiel mich die Weihnachtsstimmung dann doch, obwohl ich keinen Weihnachtsbaum zu Hause hatte und meine ganze Familie und alle Freunde wußten, daß ich an dem Tag in Klausur gehen wollte. Gegen Weihnachten und diese besondere feierliche Stimmung kommt man nicht an, auch wenn man will. Aber vielleicht will man gar nicht? Jedenfalls nicht so richtig? Ich habe den Weihnachtsabend dann in der Badewanne verbracht, mit Musik und allen Kerzen, die ich im Haus noch auftreiben konnte, bei einer Flasche Sekt. Ganz sicher: Das mache ich nie wieder! Weihnachten soll man mit Menschen zusammensein. Nicht jeder hat das Glück, eine eigene Familie zu haben. Und manchmal kann es einen weit weg von zu Hause und den Freunden verschlagen. Aber auch dann sollte man unter Menschen gehen und mit ihnen feiern. Denn Weihnachten ist nicht irgendein Tag. Es ist ein ganz besonderer Tag. Meinetwegen auch ein bißchen sentimental. Na und?

Manfred Erdenberger

Und Friede den Menschen auf Erden …?

Um es gleich vorweg zu sagen: Diese Weihnachtsgeschichte ist eine ganz andere als die herkömmlichen. Meine Weihnachtsgeschichte unterscheidet sich auch von denen, die ich aus meiner Kindheit kenne. Jene sind ein halbes Jahrhundert alt – diese spielt in der Gegenwart. Was Vergangenheit und Gegenwart miteinander verbindet, ist der Ursprung: das, was sich vor fast 2000 Jahren abgespielt hat, und das, was ich aus meinen Kinderjahren, 1950 Jahre später, in Erinnerung habe.

Da ist auf der einen Seite die Heilige Schrift, die Zeugnis ablegt in den »klassischen« Stationen der überlieferten Ereignisse im Heiligen Land, auf der anderen sind es die Wahrnehmungen mit den naiven, verklärten Kinderaugen jener Nachkriegsjahre im geschundenen Deutschland. Krieg und Kriegsfolgen zeigen weitere Parallelen auf – mit einem gravierenden Unterschied: hier das ländliche Westfalen mit den ersten vorsichtigen, aber schon hoffnungsvollen Erholungserscheinungen, dort, zwischen Gaza und Westbank, das zarte Pflänzchen der Autonomie, das auf den Ruinen der Intifada blühen soll. Und mittendrin die biblischen Stätten, an denen man auf Schritt und Tritt den Verkündigungen des Alten Testaments begegnet, der Weihnachtsgeschichte mit dem heute so fragwürdigen Titel »Und Friede den Menschen auf Erden …«.

Meine frühen Weihnachtsfeste waren andere als heute: Ich habe Winter in Erinnerung mit Frost und Schnee, Kerzen, die noch aus Wachs waren und wirklich als ein Licht in der Dunkelheit leuchteten, mehr als all die endlosen Lichterketten der Gegenwart. Die Neugier war größer als der Gabentisch der frühen Kinderjahre, der noch durch Krieg und Nachkriegszeit bestimmt und beschränkt war.

Die Phantasie war naturgemäß größer als der Geldbeutel – unsere und die der Eltern, sprich: des Christkinds. Und deshalb waren die Weihnachten am Ende der vierziger Jahre anders als die Feste am Ende der neunziger. Wohl auch deshalb, weil die Kinder von damals die Eltern von heute sind. Wenn sie ihren Kindern die ganz persönlichen Weihnachtsgeschichten ihrer Kindheit erzählen, ernten sie nicht selten ein Lächeln, das zwischen Mitleid und Nachsicht plaziert ist …

Deshalb, so hatte ich es mir seit langem vorgenommen, hilft Anschauungsunterricht mehr als Nachhilfestunden. Und so gelang es meiner Frau und mir nach einigen Anläufen vor mehr als einem Jahr endlich, wenigstens meine damals fünfzehnjährige Tochter mit auf eine Nahostreise besonderer Art zu nehmen – zu den biblischen Stätten von Jerusalem, Bethlehem, Hebron und Jericho im speziellen und nach Israel und Jordanien im allgemeinen.

Ich will freilich nicht verhehlen, daß diese Weihnachtsreise im Frühling auch in meinem eigenen – journalistischen – Interesse lag. Schließlich hatte ich drei Jahre zuvor meine erste intensive Reportage-Tour in diese Region unternommen. Seitdem sind immer neue Besuche mit immer neuen Kontakten gefolgt – zu den Menschen und ihrer Geschichte, die so viele Parallelen zwischen damals und heute aufweist …

Ich wollte einmal mehr den Versuch machen, zu zeigen, warum es bis heute ausgerechnet dort nicht den sehnlichst gewünschten und für die Menschen überlebens-notwendigen Frieden auf Erden geben kann. Und hierzulande zum Nachdenken darüber anregen, daß die friedvolle Weihnachtsgeschichte aus der Bibel noch immer von unfriedlichen Realitäten rings um die historischen Orte begleitet wird.

Oder daß – wie mir Helmut Kohl (noch als Bundeskanzler) in einem Interview gesagt hat – »… hier in bedrückender Weise deutlich wird, daß an der Geburtsstätte dreier Weltreligionen (im Jordantal) kein Frieden einziehen kann«. Hier zeigt sich, wie weit auch fast 2000 Jahre nach Christi Geburt Verklärung und Verkündigung, Anspruch und Wirklichkeit der Weihnachtsgeschichte noch auseinanderliegen.

Alles dreht sich um Bethlehem – damals in der Überlieferung von Lukas 2,11: »denn euch ist heute der Heiland geboren, welcher ist Christus, der Herr, in der Stadt Davids.«

Wir verlassen Jerusalem in südlicher Richtung. Links erhebt sich aus einem steinigen Tal der Hügel Har Homar. Er ist eines der negativen Symbole für den nahöstlichen Friedensprozeß, nachdem der damalige israelische Premier Netanjahu beschloß, hier einmal eine neue jüdische Siedlung zu bauen. Nach massiven Protesten ruhten zwischenzeitlich die Arbeiten. Das grundsätzliche Problem bleibt: Jeder Bagger, jeder Lkw, jede Schaufel löst neue Zusammenstöße aus. Kein Frieden auf diesem Stückchen Erde in biblischer Nachbarschaft.

Rechts geht es nach Hebron; geradeaus nach wenigen hundert Metern Betonsperren, die wir im Slalom umfahren, vorbei am schwerbewachten israelischen Kontrollposten. Unmittelbar dahinter beginnt das autonome Bethlehem, künden Hunderte wild geparkte Autos vom Verbot der motorisierten Einreise für Palästinenser.

Wiederholt sich die Geschichte? Fast 2000 Jahre ist es her, daß Kaiser Augustus in allen römischen Provinzen eine biblisch überlieferte Volkszählung veranlaßte: »Es geschah in jenen Tagen, da ging vom Kaiser Augustus ein Befehl aus, den ganzen Erdkreis aufzuschreiben … Alle gingen hin, um sich aufschreiben zu lassen, ein jeder in seine Stadt.« (Lukas 2,1–3).

Vor zwei Jahren wurden in und um Bethlehem erneut sensible Daten erhoben. Damals mußte sich Joseph aus der Stadt Nazareth zusammen mit Maria in seiner Heimatstadt Bethlehem persönlich einfinden, »… weil er aus dem Hause und dem Geschlecht Davids abstammte«. (Lukas 2,4). In der Gegenwart waren Tausende von Helfern des palästinensischen Zentralbüros für Statistik im Westjordanland und in Gaza unterwegs, um erstmals ihr eigenes Volk zu zählen. So auch in der christlichen Geburtsstadt, die zu den sieben autonomen Regionen gehört, die Präsident Yasir Arafat schon als den Kern eines souveränen Staates Palästina sieht.

Der ursprüngliche Termin für die Proklamation (der 4. Mai 1999) wurde mit Blick auf die israelischen Wahlen und neue Turbulenzen zunächst verschoben. Aber auf dem Weg dorthin sollen die Ergebnisse der Volkszählung die präzisen Planungsdaten für Gesellschaft und Wirtschaft liefern. Deshalb wurden zusammen mit diesem Zensus auch Industrieanlagen, Behörden und Häuser erfaßt.

Unten rechts, schon im Stadtgebiet von Bethlehem, liegt das Grab Rachels, der Frau des Erzvaters Jakob, der Mutter von Benjamin und Joseph. »... so starb Rachel. Sie ward am Weg nach Ephrat, das ist Bethlehem, begraben.« (Genesis 35, 19).

Der häßliche Stahlbeton zum Schutz ist inzwischen schamhaft mit dem hellen Jerusalem-Stein verkleidet, die israelischen Soldaten aber bewachen die Pilgerstätte weiterhin. Hier beten vorzugsweise jüdische Mütter für eine glückliche Geburt – friedlich und still, aber unter dem Schutz von Gewehren. Und wenn in der Stadt aus Protest gegen die Besatzer Steine fliegen, dann hier. Realität der Gegenwart ...

Wiederholt sich die Geschichte? Heute haben palästinensische Mütter aus der kargen und steinigen Umgebung ein ganz anderes Ziel: Sie pilgern zum Caritas Baby Hospital, das der Schweizer Pater Ernst Schnydrig 1952 auf einem Hügel am Rande von Bethlehem gegründet hat. Hier, in der einzigen Einrichtung dieser Art im gesamten Westjordanland, suchen und finden die oftmals selbst kranken und verzweifelten Frauen mit ihren Kleinkindern medizinische und psychologische Hilfe.

Dr. Mechthild Ehling, Kinderfachärztin aus Münster, kam vor über 20 Jahren nach Bethlehem und leitet heute dieses finanziell chronisch kranke Baby-Hospital mit seinen knapp 80 Betten. Mechthild Ehling und ihr Team kämpfen einen verzweifelten Kampf gegen den Teufelskreis aus Armut, Unterernährung, mangelnder Hygiene, fehlender Familienplanung und unzureichenden Unterkünften, die im Sommer zu warm und im Winter zu kalt sind.

Angesichts der wiederkehrenden israelischen Abriegelungen und alltäglichen Schikanen ist es kein Wunder, daß Dr. Ehling und ihre Mitarbeiter gelegentlich am Rande ihrer Kräfte sind. Wenn sie helfen wollen, aber nicht können, dann spüren sie einmal mehr ihre ganze Ohnmacht – und fragen nach dem Frieden auf Erden, wenigstens für die Kinder, die tagtäglich in diese unfriedliche Welt geboren werden …

Rechts vom Hospital, auf einem der anderen Hügel Bethlehems, liegt der Manger Square, ein quadratischer Platz mit einer Souvenir- und Restaurantgalerie, der Moschee mit Minarett. Die Polizeiwache, in der schon die Israelis Dienst schoben, ist verschwunden – ein neues Kulturzentrum flankiert den völlig renovierten Krippenplatz, von dem auch die häßlichen Touristenbusse rechtzeitig zum Jubeljahr 2000 verbannt worden sind. Mittelpunkt ist und bleibt die Geburtskirche. Sie gleicht von außen eher einer mittelalterlichen Festung. Fassade und Vorplatz sind umschlossen von den Mauern dreier Klöster.

Unter dem Dach der Basilika fünf Schiffe mit kahl wirkenden Räumen, aber reich dekorierten Altären am Ende der vier Reihen mit prächtigen Säulen, dazwischen einige spät entdeckte Mosaike. Hinten rechts, dort, wo sich die Besucher stauen, die Geburtsgrotte. Zwei Treppen führen hinab, 48 Lampen erhellen den kleinen Raum. Ein silberner Stern im Boden, nach Matthäus Wegweiser für die Weisen aus dem Morgenland, markiert den Platz der Geburt des Herrn. Wir betreten den Raum, und sofort fallen uns die Worte aus der Weihnachtsgeschichte ein:

»Und sie gebar ihren ersten Sohn und wickelte ihn

in Windeln und legte ihn in eine Krippe; denn sie hatten sonst keinen Raum in der Herberge.« (Lukas 2,7).

Folgt man der Überlieferung – »Und es waren Hirten in derselben Gegend auf dem Felde bei den Hürden, die hüteten des Nachts ihre Herde« (Lukas 2,8) –, dann findet man östlich von Bethlehem das Hirtenfeld, heute auf dem Gelände eines kleinen Klosters. Und den im Matthäus-Evangelium zitierten Stern sieht man in der Geburtsgrotte unterhalb des mittleren Altars: »Wir sahen einen Stern im Osten und kamen, ihn anzubeten … Und siehe – der Stern ging vor ihnen her, bis sie zu dem Orte kamen, wo sich das Kind befand.« (Matth. 2,9).

Im Jahre 2000 will Bethlehem von der Strahlkraft des Sterns religiös und ökonomisch profitieren. Im Rathaus, gleich gegenüber der Geburtskirche, macht sich Bürgermeister Channa Nasser Sorgen um den Friedensprozeß und damit vor allem um die Feierlichkeiten zur Jahrtausendwende, wenn Christen aus aller Welt hier die 2000. Wiederkehr der Geburt Jesu Christi begehen wollen. Schon seit langem laufen die Vorbereitungen für die Feier in der Kirche und in der ganzen Stadt mit internationaler Hilfe auf Hochtouren: Straßen werden erweitert und frisch geteert, die Kanalisation ausgebaut, alte Hotels renoviert, neue geplant und, und, und …

Die biblische wie aktuelle Konkurrenz ist im arabischen Nazareth zu Hause, dort, wo die bevorstehende Geburt Jesu verkündet wurde. Nach Lukas (1,26–27) war es der Engel, der Maria erschien: »Und im sechsten Monat ward der Engel Gabriel gesandt von Gott in eine Stadt in Galiläa, die heißt Nazareth, zu einer

Jungfrau, die vertraut war einem Manne mit Namen Joseph, vom Hause David.«

Man hat schon früh rund um die Verkündigungskirche Millionen in eine neue Infrastruktur investiert. Im Streit der Religionen ist auch hier zwischenzeitlich Unfrieden eingezogen: Christen und Moslems konnten sich lange nicht über das Gelände für eine neue Moschee in unmittelbarer Nachbarschaft der Verkündigungskirche einigen.

Unabhängig davon aber ist klar, daß eine Art Disneyland den gläubigen Touristen einen Rundgang durch die Geschichte bieten wird. Gibt es eine Konkurrenz zwischen Bethlehem und Nazareth? Nein, sagen beide Seiten, vielmehr gebe es gute Kontakte auf der Arbeitsebene. Man kooperiere im Rahmen des Möglichen, und jeder profitiere von den Erfahrungen des anderen. Und religiös gesehen, ist die Sache für Bethlehems Bürgermeister Channa Nasser klar: Obwohl Nazareth ein bedeutender Platz ist, so sagt er, sei Bethlehem wichtiger, weil hier das Christentum seinen Anfang nahm. Obwohl die Geschichte in Nazareth mit der Verkündung der Geburt Jesu durch den Engel begann, ist hier eben die Geburtsstätte. Und er ist stolz darauf, daß man sozusagen die Geburtsurkunde Jesu besitzt. So gesehen ist Nazareth die Ergänzung von Bethlehem – und umgekehrt. Damit sind für die Organisatoren die drei wichtigsten Stätten, die ein Christ besuchen muß, Bethlehem, Nazareth und Jerusalem.

Zurück nach Bethlehem: Der gesamte Platz vor der Geburtskirche ist neu gestaltet worden. Zeugnis der ungelösten Flüchtlingsproblematik aber bleiben rings um Bethlehem wie in der Umgebung von Hebron die staubigen Lager, vielfach ohne Wasser und Kanalisation, Müllabfuhr und elektrisches Licht, die das ganze Elend ihrer Bewohner und damit das Dilemma des Friedensprozesses im Nahen Osten widerspiegeln.

Auch in Hebron wird der Versuch einer friedlichen Koexistenz zwischen Palästinensern und Israelis täglich auf eine harte Probe gestellt: in den engen Gassen der Altstadt und am Markt, wo im Erdgeschoß palästinensische Händler ihre Kunden bedienen und genau darüber im Obergeschoß israelische Siedler ihre bizarren Bastionen verteidigen, wo die einen sich mit Sandsäcken und Stacheldraht verbarrikadieren und die anderen sich mit Planen und Tüchern gegen Steinwürfe und mehr zu schützen versuchen.

Da ist die multinationale Beobachtertruppe aus sechs europäischen Nationen TIPH (Temporary International Presence Hebron) schon froh, wenn sie die Lage als »stabil« bezeichnen kann. Die gut 110 Mitglieder in den graublauen Uniformen – im Gegensatz zur einheimischen Polizei und israelischen Grenztruppen ohne Waffen, nur mit Kameras und Notizblöcken ausgerüstet – patrouillieren im Jeep und zu Fuß über Straßen und Plätze. Ihr klares Mandat: Konflikte zwischen beiden Gruppen zu vermeiden und Vertrauen zu bilden sowie Verstöße beider Seiten gegen das Hebron-Abkommen, insbesondere Verstöße gegen die Menschenrechte, zu registrieren.

Wir befinden uns wieder auf biblischem Boden: »Also erhob Abraham seine Hütte, kam und wohnte im Hain Mamre, der zu Hebron ist, und baute daselbst dem Herrn einen Altar.« (Genesis 13,18).

Auch hier alles andere als Friede auf Erden: Im Norden der seit Januar 1997 autonomen Stadt liegt die geteilte Pilgerstätte mit Abrahams Grab und der Ibrahim-Moschee, Schauplatz des blutigen Attentats des jüdischen Siedlers Baruch Goldstein, der im Februar 1994 29 betende Moslems erschossen hatte. Auf dem Marktplatz in der Mitte, wo noch zu Neujahr 1997 der israelische Soldat Noam Friedman wahllos auf Palästinenser gefeuert hatte, wehen an den Laternen israelische Fähnchen.

Im Süden, am Ende der umstrittenen Straße der Märtyrer, liegt die jüdische Enklave Beit Hadassah. Davor die kleinen Läden mit den grünen Türen, besprüht mit anti-arabischen Sprüchen. Die orthodoxen Juden fordern, daß die Geschäfte am Sabbat geschlossen bleiben. Gut 400 Meter der wichtigen innerörtlichen Verbindungsstraße wurden nach Renovierung mit amerikanischer Millionenhilfe Ende Oktober 1997 eingeschränkt wieder freigegeben – und sind seitdem Schauplatz ständiger Zusammenstöße zwischen Einheimischen und Siedlern geblieben. Friede ist auch auf diesem Fleckchen Erde nicht in Sicht …

Das also ist meine (ganz andere) Weihnachtsgeschichte – die des Jahres 1999, die mir nicht aus dem Kopf geht, seit ich im Heiligen Land den unheiligen Streit zwischen Palästinensern und Israelis gesehen und erlebt habe. Genau der macht es mir schwer, die 2000 Jahre alte Weihnachtsgeschichte zu lesen, ohne die Bilder der Gegenwart ständig vor Augen zu haben.

Und Friede den Menschen auf Erden …? Die Hoffnung bleibt – für das biblische Land und den Rest unserer unfriedlichen Welt.

Hannelore Kohl

Die Bilddeutung

Vor vielen Jahren war ich zur Weihnachtsfeier einer Schulklasse eingeladen. Gemeinsam mit zahlreichen Eltern wartete ich auf eine besondere Religionsstunde, die in einem Krippenspiel ausklingen sollte.

Die Religionslehrerin hatte wiederholt das Thema »Jesus segnet die Kinder« im Unterricht durchgenommen. Mit großem Einsatz hatte sie die biblische Geschichte erläutert. Viele Fragen waren gestellt worden, und alle Kinder hatten in den vorangegangenen Stunden gut mitgearbeitet. Um das Thema zu verdeutlichen, hatte die Lehrerin, nennen wir sie Frau Magin, dem Religionsbuch ein Bild entnommen und es vergrößert an die Tafel geheftet. Gleichzeitig konnten alle Schüler das Bild auch aus der Nähe betrachten, lag es doch vor ihnen: vor jedem Sitzplatz ein Buch, Seite 33 war aufgeschlagen.

In der Mitte der Abbildung sah man Jesus. Alle Kinder betrachteten mit großen Augen den Heiligenschein, der sein Haupt umgab und dem Bild die wunderschöne Leuchtkraft verlieh. Neben Jesus standen zwei Apostel mit abwehrend erhobenen Händen, um, wie es schien, die Kinder zurückzudrängen. Die Kinder wollten zu Jesus, die Apostel hinderten sie jedoch daran.

Zu Beginn der Stunde wollte Frau Magin nun wissen, was aus ihren Erklärungen der vorangegangenen

Religionsstunden noch im Gedächtnis haftete, denn es war ihr wichtig, den Eltern zu zeigen, wie die biblische Geschichte auch kleinen Kindern vermittelt werden kann. Für die Schüler war die Weihnachtsfeier der Moment, ihren Eltern zu zeigen, was sie gelernt hatten. Jeder hoffte, beim Text für das folgende Krippenspiel nicht steckenzubleiben. Die Aufregung war groß, auch die Unsicherheit. Keiner der Schüler konnte erklären, warum die Apostel die Kinder nicht zu Jesus lassen wollten. Eigentlich wußten sie, daß Jesus die Menschen gerne zu sich kommen ließ. Eine Erklärung war, daß Jesus den ganzen Tag gearbeitet hatte, dort in diesem heißen Land; er war müde, und die Apostel wußten das und wollten ihn schonen.

Warum wollten die Kinder eigentlich zu ihm? Was war so Besonderes an ihm, daß sich die Kinder herandrängten? Selbst Mütter mit Babys auf dem Arm sah man in einer langen Reihe auf dem Bild. »Weshalb wollten denn die Kinder zu Jesus? Worauf warten auch die Mütter mit ihren Babys?« fragte Frau Magin die Klasse.

Lange keine Antwort. Niemand wußte so recht etwas zu sagen. Schließlich wollte man sich vor den Eltern nicht blamieren, einer wartete auf den anderen. Die peinliche Stille wurde plötzlich durch den Ruf eines kleinen Mädchens unterbrochen: »Ich weiß es wieder, ich weiß es wieder, er soll sie impfen!«

Ein befreiendes Lachen ging durch den Raum; das Krippenspiel konnte beginnen.

Jürgen Rüttgers

Wie es doch noch ein Fest der Freude wurde

Eigentlich hatte es in diesem Jahr ganz anders werden sollen. Zeit wollte er sich nehmen, dem Weihnachtsstreß entfliehen, mit den Kindern ein Geschenk für die Mutter basteln, früh nach Hause kommen. Aber jetzt war es wie immer in den letzten Jahren.

Er saß in einem Sitzungssaal zusammen mit vielen fremden Menschen in schweren Ledersesseln an einem großen Tisch. Das Problem mußte angeblich unbedingt noch in diesem Jahr gelöst werden. Die Mitarbeiter konnten sich nicht einigen. Niemand wollte nachgeben. Dabei war jedem schon am Anfang klar, wie die Lösung aussehen würde. In der Mitte würde man sich treffen. Aber um dahin zu gelangen, mußten zunächst Argumente vorgetragen werden. Erst dann konnte man zu einer Einigung kommen. Jeder mußte sein Gesicht wahren können. Draußen fiel Schnee in dicken Flocken auf die Bäume im Park. Der Rhein floß grau vorbei. Genauso bleiern verlief das Gespräch. Wut stieg in ihm auf. Schon wollte er sagen, wie leid er diese Rituale war.

Aber war nicht alles vor Weihnachten ein Ritual? Nur noch wenige Tage würde er im Büro sein, bis die Weihnachtspause begann. Er würde wie jedes Jahr Hunderte von Weihnachtskarten schreiben, und Hunderte würden kommen. Man freute sich schon, wenn jemand mehr als eine Unterschrift auf die gedruckte

Karte schrieb. Das Neueste waren die Karten, auf denen jemand mitteilte, er werde dieses Jahr auf die Weihnachtskarten verzichten und für einen guten Zweck spenden. Berge von Kalendern würden durch die Post gebracht, verbunden mit Dankschreiben für die angenehme Zusammenarbeit im zu Ende gehenden Jahr. Die letzte Sitzung des Bundeskabinetts in diesem Jahr mußte noch stattfinden. Anschließend das traditionelle Jahresessen. Reden würden gehalten, um Dank zu sagen.

Auch der Weihnachtskaffee mit den Mitarbeitern sollte noch stattfinden. Wie immer war ihm dieses Beisammensein wichtig, hatte er doch den Mitarbeitern viel zu verdanken. Aber wie jedes Jahr war er sich nicht sicher, ob er es schaffen würde, das Gefühl der Dankbarkeit auch so zum Ausdruck zu bringen, wie er es empfand. Die Weihnachtsgeschenke mußten noch zwischen zwei Terminen gekauft werden. Sie sollten Freude bereiten. Aber das Kaufen in all der Hetze machte gar keine Freude. Hastende Passanten, überforderte Verkäuferinnen in Geschäften, die mit Weihnachtsliedern beschallt wurden – stille Nacht, heilige Nacht. Auch der Fototermin auf dem Weihnachtsmarkt, den eine Illustrierte erbeten hatte, mußte noch eingeschoben werden. Sie wollte ihren Lesern zeigen, wie Prominente die Weihnachtszeit vorbereiten. Schöne Bilder, aber ausdruckslos und inhaltsleer. Das schönste waren die kurzen Gespräche mit den Besuchern am Glühweinstand. Sechs Mark kostete der Becher und fünf Mark Pfand.

Ist das alles, was von der Weihnachtszeit übriggeblieben ist? Viele wissen gar nicht mehr, was eigentlich vor 2000 Jahren an Weihnachten geschah. Bereits im

September, unmittelbar nach dem Sommerschlußverkauf, werden in den Supermärkten Printen und Spekulatius angeboten. Weihnachten, das ist für manche nur der Beginn der Skiferien. Um keinen Urlaubstag zu verlieren, wird in immer mehr Familien die Bescherung auf den letzten Adventssonntag verlegt, hatte er gehört. Denn Geschenke müssen sein. Und der Heilige Abend ist für viele Jugendliche der langweiligste Abend des Jahres, an dem man zu Hause bleiben muß, weil die Einkaufszentren und Kneipen mittags die Türen schließen. Doch Gott sei Dank machen jetzt immer mehr Discos um Mitternacht auf, so daß die Stunden zu Hause nicht so endlos werden ...

Aber vielleicht ist all das gar nicht wichtig, dachte er. Vor 2000 Jahren gab es ja auch keine große Feier. Begonnen hatte es mit einer Volkszählung, wie Lukas erzählte, wahrscheinlich, um bessere Unterlagen für die Steuererhebung und den Wehrdienst zu bekommen. Deshalb waren Joseph und Maria nach Bethlehem gewandert. Obdachlos waren sie, weil sie kein Zimmer mieten konnten. Alles überfüllt. Maria gebar ihren ersten Sohn in einem Stall und legte ihn in eine Krippe – auch heute noch traurige Wirklichkeit im Kosovo, in Bosnien, in Ruanda, in Eritrea und andernorts auf dieser Welt. Und mit dabei waren nicht Minister und Beamte, Unternehmer und Gewerkschafter, sondern Hirten, die auf dem Feld Nachtwache hielten. Und der letzte Satz der Botschaft, die Lukas aufgeschrieben hatte und die am Heiligen Abend zu Hause vorgelesen wurde, lautete: »Ehre sei Gott in der Höhe und Friede den Menschen auf Erden, die guten Willens sind.«

Wahrscheinlich, so dachte er, kommt es auf die Äußerlichkeiten gar nicht an. Wahrscheinlich ist es auch unwichtig, ob alles, was du dir zu Weihnachten vorgenommen hast, auch gelingt. Wichtig ist, daß ein klein wenig Freude in diese Welt kommt. Und plötzlich fiel ihm seine letzte Rom-Reise ein. Jemand hatte zwischen den offiziellen Terminen einen Besuch in Trastevere, der Altstadt von Rom, eingeschoben. Man führte ihn zu einem alten Haus. Dort zeigte man ihm Kinder, die an Aids erkrankt waren. Die Mütter hatten sie nachts vor die Tür gelegt. Sie konnten ihnen nicht helfen, weil sie selbst krank waren. Sie hofften, daß ihre Kinder hier ein wenig Geborgenheit finden würden. Als er in das Haus ging, hatte er Angst, nicht die richtigen Worte parat zu haben. Aber er brauchte nichts zu sagen. Die Tür zum Hof öffnete sich, und Kinderlachen schallte ihm entgegen. Stolz zeigte ihm ein kleines Mädchen sein Kinderzimmer. Und der kleine Junge, der zwischen seinen Spielsachen auf dem Boden saß, lächelte zurück, als er sich zu ihm niederkniete und ihn anlachte. Freude und Dankbarkeit trotz aller Not.

Als er am Tag vor Heiligabend nach Hause kam, half er wie jedes Jahr bei den Weihnachtsvorbereitungen. Er verschloß das Wohnzimmer und stellte den Weihnachtsbaum auf. Er schmückte ihn mit kleinen Holzfiguren und geflochtenen Stoffkränzen, die seine Frau gemacht hatte. Er stellte die Krippe, die Weihnachtspyramide und den Nußknacker auf, den er im Jahr der Wiedervereinigung auf dem Weihnachtsmarkt in Dresden gekauft hatte. Ihn störte auch nicht, daß die Kinderchristmette so überfüllt war, daß der Kleine zu weinen begann. So voll war die Kirche sonst nie. Viele kamen nur zu Weihnachten, um ein wenig Weihnachtsstimmung zu erleben und Weihnachtslieder zu hören, deren Texte sie längst vergessen hatten.

Aber die Erinnerung an die eigene Kinderzeit war noch wach. Nach der Messe öffnete sich die Tür zum Weihnachtszimmer. Die beiden Kinder standen auf der Schwelle und schauten mit leuchtenden Augen auf den Weihnachtsbaum und die brennenden Kerzen. Sie sagten fast mit einer Stimme: Danke, Mutti, danke, Vati. Ist das schön. Da war sie, die Weihnachtsfreude und das Dankeschön.

Jan Eik

Weihnachtspost

Rudi haßte Feiertage. Ostern war unerfreulich genug, aber Weihnachten war jedesmal die Hölle. Und Weihnachten fand jedes Jahr statt, solange Rudi denken konnte. Selbst in den schlimmen Nachkriegsjahren war Weihnachten nie ausgefallen. Einmal hatte er eine Holzeisenbahn bekommen, im Jahr darauf eine Kinderpost. Und einmal hatte sein Bruder vorzeitig die im Kleiderschrank versteckten Süßigkeiten aufgefressen und dafür unter dem Tannenbaum Prügel bezogen, während Rudi, teils aus Solidarität, teils weil er nun leer ausging, heftig mitbrüllte.

Im Laufe der Jahre stand das Weihnachtsfest unter höchst unterschiedlichen Sternen. Mal gab es keine Schokolade und kein Marzipan, mal keine Butter und keine Schlagsahne, keine harte Wurst, wenig Fleisch, keinen Speck, keine Zwiebeln. Mal fehlten Zahnpasta oder Toilettenpapier, waren Zahnbürsten knapp oder Lametta, einmal wurden keine Weihnachtslieder im Radio gespielt, oder es mangelte an Kartoffeln. Sogar Kaffee und Schnaps erwiesen sich als Engpässe, und Rudi erinnerte sich an eine vorweihnachtliche Expedition ins Russenmagazin, wo der Wodka niemals alle geworden war. Dennoch fiel Weihnachten nicht aus, und meistens gab es sogar Apfelsinen, manchmal Kokosnüsse. Und ausreichend Geflügel. Und Weihnachtsbäume.

Und Westpakete. Und genau die waren das wirkliche Unglück.

Regelmäßig Anfang November erfolgte der Aufruf, des erhöhten Paketaufkommens wegen Arbeitskräfte (von denen es ohnehin zuwenig gab) an das Bahnpostamt abzugeben. Rudi arbeitete nämlich bei der Post. Er hatte bei diesem Unternehmen gelernt, sich mit der Zeit qualifiziert und galt nun als eine Art Halb-Leiter auf seinem Gebiet, das eigentlich nicht das geringste mit dem Paketverkehr zu tun hatte. Rudi war nicht bei der gelben, sondern bei der blauen Post tätig und dort für Telefone zuständig. Aber Telefone gab es auch nicht. Jedenfalls nicht genug. Und schon gar nicht gegen Jahresende, wenn der Plan bereits erfüllt und planmäßig übererfüllt war.

Dem bisherigen Verlauf der Geschichte ist unschwer zu entnehmen, wann und wo sie spielt: in grauer Vorwendezeit und im fernen Osten. Womit natürlich die berechtigte Frage auftaucht: Gab es dort überhaupt Weihnachten?

Es gab. Nicht zuletzt dank der Westpakete. Und um ein weiteres Geheimnis zu verraten: Weihnachten gab es sogar in Sibirien. Allerdings erst im Januar. Im Osten findet alles ein bißchen später statt. Selbst das winterliche Rheinhochwasser bekämpfen sie an der Oder erst im Juli.

Vor Weihnachten also galt es für Rudi, von den knappen Arbeitskräften etliche für das Bahnpostamt abzustellen. Er dachte sich anfangs nichts Besonderes dabei. Zu den Feiertagen gab es eben viel Arbeit mit dem Transport und dem Sortieren von all den Paketen und Päckchen, die sich die Menschen gegenseitig schickten. Mit der Zeit aber entging ihm nicht, daß seine zum Bahnpostamt abgeordneten Mitarbeiter höchst mißmutig von dort zurückkehrten und allen weiteren Einsätzen tunlichst aus dem Wege gingen. Nur widerstrebend lieferten sie wortkarge Berichte von der Arbeit mit den Westpaketen.

Rudi selber erhielt keine Westpakete. Er besaß nur einen Onkel in Düsseldorf, an dem er nicht sonderlich hing, der jedoch regelmäßig zu Ostern und zu den Geburtstagen Karten schrieb. Und zu Weihnachten. Meistens beklagte Onkel Hermann sich über das hohe Porto. Er war nämlich arm. Das schrieb er jedenfalls. Vielleicht war er nur geizig. Es interessierte Rudi im Grunde nicht. Er hatte die unterste Stufe im Dasein eines DDR-Bürgers erreicht: Er besaß Westverwandtschaft, die ihm die Kaderakte versaute und die nicht mal Pakete schickte.

Onkel Hermanns wegen konnte Rudi nicht Abteilungsleiter werden, was wiederum Vorteile hatte. Wer drängte sich schon nach einem schlechtbezahlten und mit Verantwortung überhäuften Posten. Karriere machen durfte Rudi also nicht. Aber zum Bahnpostamt durfte er. Es stellte sich nämlich heraus, daß die Mitarbeiter der unteren Ebene sämtlich mehr oder weniger fadenscheinige Gründe fanden oder sich gar weigerten, die offensichtlich unangenehmen Aufgaben auf dem Bahnpostamt zu erfüllen, so daß allmählich die Gruppen- und Abteilungs-, ja Bereichsleiter und Direktoren gezwungen waren, im Rahmen der allseitigen Sicherung der Planerfüllung höchstselbst Hand an die ungeliebten Pakete zu legen.

Das Bahnpostamt strahlte alles andere als vorweihnachtliche Feststimmung aus. Gemeinsam mit anderen Beamten der höheren Postlaufbahn – darunter sogar

Mitarbeiter des Ministeriums – sah sich Rudi einer graugekleideten Frau gegenüber, im Dienstrang mindestens sieben Stufen unter dem Geringsten von ihnen rangierend, die ihnen ihre Arbeitsaufgabe zuteilte, die da lautete: Zollvorführung.

Einer, der anscheinend schon öfter hier gewirkt hatte und allein seiner vorlauten Stimme wegen weder ins Ministerium noch in den gehobenen Postdienst paßte, hob die Hand und erklärte schnoddrig: »Ick schnüffle nich. Ick mach bloß Transport!«

Die Graugekleidete maß ihn mit einem unergründlichen Blick. »Solche haben wir öfter. Sie gehen runter zum Entladen. Die andern rauf zur Elektronik und zum Schriftgut.«

Und ehe Rudi sich noch versah, befand er sich in einem hallenartigen staubigen Raum und hatte das erste Westpaket vor sich, das er weisungsgemäß zu öffnen, den hinter dem Tisch auf und ab spazierenden Zöllnern vorzuführen und anschließend wieder so zu verpacken hatte, daß es dem Originalzustand nahekam. Er schwitzte Blut und Wasser. Was es im Haushalt einzupacken gab, hatte bislang immer noch seine Frau Helma übernommen. Die filigran verpackten und verführerisch duftenden Weihnachtsgaben, zwischen denen die diensthabende Zöllnerin mit spitzen Fingern nach bedrucktem Papier, nach Büchern, Landkarten, Kalendern und Schallplatten fahndete, widersetzten sich seinen Wurstfingern.

»Heino ist verboten!« äußerte eine schäbig gekleidete Frau neben Rudi und wies der Zöllnerin eine Platte des blonden Barden vor. Die nickte beifällig und ergriff das Päckchen. Mit Erstaunen nahm Rudi wahr, daß hier keineswegs nur höhere Postkader der profanen Beschäftigung nachgingen, sondern daß die eigentliche Arbeit von Tages-Hilfskräften ausgeführt wurde, die ihm ideologisch höchst zweifelhaft erschienen, die Päckchen jedoch entschieden effektiver ein- und auspackten als er und seinesgleichen. Nach einer qualvollen Stunde hatte er vier Pakete mehr schlecht als recht bewältigt; die Frau neben ihm war bei Nummer 14 angelangt, einem randvoll gepackten Karton, dessen buntbedruckter Inhalt sich plötzlich über den Tisch und den staubigen Boden ergoß.

Rudi verschlug es die Sprache, während es der Frau nichts auszumachen schien, in aller Ruhe Heft für Heft mit den speckigen Titelblättern, die zu eingehenden gynäkologischen und anatomischen Studien einluden, wieder einzusammeln und der bis an die Haarwurzeln erröteten Zöllnerin vorzuweisen. »Geben Sie die Schweinerei her!« schnauzte die und stopfte die Pornomagazine hastig in das Behältnis zurück.

Das war also die Abteilung Schriftgut. Noch vor der Frühstückspause hatte Rudi begriffen, weshalb keiner seiner sonst so willfährigen Mitarbeiter sich zu dieser Art von Weihnachtsdienst drängte. Sich ausschließlich für den Pakettransport zu melden, wagte er dennoch nicht. Beim nächstenmal landete er durch Zufall beim Ausladen, was ihm entschieden sympathischer erschien. In dem Tunnel, der unter den Bahngleisen hindurch zur Entladestelle führte, standen Wasserlachen, und das übrige Gelände wirkte, als wäre der Krieg gestern zu Ende gegangen. Neben den Waggons mit den Paketen lief ein endloses Laufband entlang, hinter dem sich winzige Zellen befanden, in denen ebenfalls Zöllner saßen und auf einen Bildschirm starrten. Den Postbediensteten oblag es, ihnen die Pakete auf einer drehbaren Plattform durchleuchtungsgerecht vorzulegen, woraufhin die Zöllner über die Art der weiteren Kontrolle entschieden. »Schriftgut erkennt man an den Heftklammern«, raunte ein junger Mensch Rudi zu. »Darauf sind die besonders scharf.«

Rudi war fortan nicht mehr besonders scharf auf diese vorfestliche Tätigkeit, die ihm wenig ehrenvoll erschien und der er sich dennoch nicht entziehen konnte. Im Gegenteil. Die Anzahl der Bahnpostdienste nahm im Laufe der Jahre stetig zu, und Helma wunderte sich schon gar nicht mehr über seine vervollkommneten Verpackungskünste.

In einem Jahr war es besonders schlimm. Mit den Westpaketen, aber erstaunlicherweise auch mit den Weihnachtsbäumen. Rudi hatte nur die steigende Zahl der Pakete bemerkt, deren Geruch seine Kleidung inzwischen angenommen hatte und von denen er nachts träumte. Das mit den Weihnachtsbäumen war ihm dank der vielen Arbeit entgangen, und es beunruhigte ihn keineswegs, als Helma ihn am Heiligabend früh mit dem Auftrag weckte: »Besorg endlich den Baum! Es gibt nämlich keine mehr.«

Rudi frühstückte in aller Ruhe und machte sich auf den Weg. Er pflegte seinen Weihnachtsbaum immer erst am letzten Tag zu kaufen, weil er nämlich nicht wußte, wo er den Baum sonst lassen sollte. Die Parterrewohnung besaß keinen Balkon; man konnte das Schmuckstück nicht einmal vors Fenster binden.

Zu seiner unangenehmen Überraschung behielt Helma recht: Nirgends gab es Weihnachtsbäume. Überall waren die eingezäunten Plätze bereits abgeräumt, und als er endlich neben dem Kassenhäuschen eines solchen Platzes ein kleines, kerzengerade gewachsenes und dicht benadeltes Bäumchen entdeckte und danach griff, erklärte ihm der Verkäufer hohnlächelnd: »Nischt is, Meister! Den hab ick mir die janze Zeit zurückjestellt.«

Rudi knirschte mit den Zähnen. Er sah das Weihnachtsfest ernsthaft gefährdet. Ohne Baum brauchte er sich gar nicht erst nach Hause zu trauen. Helma, die schon die ganze Zeit von einer besonderen Weihnachtsüberraschung sprach, würde ihn glatt rauswerfen. Seit einer Woche hatte sie ihm mit dem Baumkauf in den Ohren gelegen. Jetzt war es zu spät.

Blieb nur noch Tante Martha. Die war früher Textilverkäuferin gewesen und verfügte aus dieser Zeit über eine Vielzahl von Beziehungen, die mehr wert waren als Gold. Oder fast soviel. Jemand hatte als Höchststrafe für das neue Strafgesetz vorgeschlagen: »lebenslänglich« ohne Beziehungen. Für Leute wie Martha das glatte Todesurteil. Marthas Währungseinheit waren über lange Jahre nahtlose Strümpfe gewesen. Damit hatte sie sich ein solides Handelsimperium aufgebaut, in dem selbst Räucheraal und Trabant-Ersatzteile erhältlich waren. Später hatte sie sich auf erzgebirgische Schnitzkunst geworfen. Jeder wollte einen Nußknacker, eine Pyramide oder wenigstens einen Schwibbogen besitzen, und Marthas Bruder wohnte im Erzgebirge. Und ein zweiter in München. Von dem bekam sie auf verschlungenen Wegen Westgeld. Westgeld gab es offiziell ebensowenig wie erzgebirgische Schnitzereien, aber als grüne oder blaue Fliesen getarnt, kamen die wertvollen Scheine sogar auf den Annoncenseiten der langweiligen Tageszeitungen vor.

Wenn es in seiner schier ausweglosen Lage noch Hilfe für Rudi gab, konnte sie nur von Tante Martha kommen. Sie durfte nur nicht erfahren, daß er den Kauf eines Weihnachtsbaums verpaßt hatte, weil er Westpakete kontrollieren mußte. Vermutlich hätte sie ihn angespuckt oder mit ihrem eigenen Baum erschlagen. In dieser Hinsicht mangelte es Martha an jeglichem Verständnis für die Probleme des realen Sozialismus. Sie verstand auch nicht, daß Rudi ihr keinen Telefonanschluß besorgen konnte, nicht mal gegen nahtlose Strümpfe oder eine Weihnachtspyramide. Und sie verstand nicht, weshalb er ausgerechnet vor den Feiertagen immer soviel arbeiten mußte, wenn es sowieso keine Telefone gab. Er redete sich damit heraus, daß es zum Jahresende wegen der fehlenden Telefone besonders viele Eingaben zu bearbeiten galt, weshalb man ihm im letzten Jahr sogar einen Computer ins Büro gestellt hatte.

Jetzt suchte er die nächste Telefonzelle, um Marthas Nachbarin anzurufen, die ein Telefon besaß. Ihr Mann arbeitete bei einer ungenannt bleibenden Behörde. Die Frau holte Martha, und die versprach nach einigem Hin und Her, ihr Bestes zu tun. Immerhin war Heiligabend, und sie hatte den Kuchen im Ofen und den Rum für die Mohnpielen angesetzt und überhaupt …

Als er eine Stunde später vorsichtshalber selber bei Martha auftauchte, empfing sie ihn wie eine Lehrerin, die dem mißratenen Schüler eine letzte Chance einräumt. »Du kannst von Glück reden, mein Lieber, daß ich so gute Beziehungen …« Na, und so weiter. Gegen ein Pfund West-Kaffee und zwei Schachteln HB hatte sie einen Baum aufgetrieben, den er sich in der Gärtnerei abholen konnte. In der Friedhofsgärtnerei, nahe dem Friedhof der Großen Sozialisten, wo alljährlich im Januar die allergrößten Sozialisten in einer Reihe auf einer Art Fahrradsattel hockten und sich von Warmluft anblasen ließen, damit sie sich im Angesicht des Volkes, dem sie huldvoll zuwinkten, nicht erkälteten. Rudi wußte das von seinen Kollegen, die jedesmal die Leitungen für die Lautsprecher legen mußten, aus denen die alten Kampflieder schallten und das Geräusch der Gebläse übertönten. Das ging ihm durch den Kopf, während er im Eiltempo zum Friedhof jagte.

Vor der Gärtnerei wurzelten drei zerzauste Tannen fest im noch fester gefrorenen Boden. Unwahrscheinlich, daß man ihm die verkaufen wollte. Wahrscheinlich lagerten die Bäume hinter dem Haus, aus dessen Schornstein anheimelnder Rauch aufstieg. Eine mächtige Fichte, die ein wenig schief stand, überragte das flache Dach um mehrere Meter.

»Ach, Sie sind das …«, begrüßte ihn der Gärtner und griente verkniffen. »Haben Sie einen Langholzhänger mitgebracht?«

Was für eine Frage. Rudi verstand sie erst, als der Mann über das Dach auf die Riesenfichte wies, die anscheinend ihrer Bestimmung für den Weihnachtsmarkt entgangen war. »Da steht Ihr bestellter Baum.«

Rudi, dank Post und fehlender Telefone an mancherlei Absonderlichkeiten gewöhnt, wollte sich nichts anmerken lassen. »Ich brauche nur die Spitze«, sagte er großzügig.

Der Baum war viele Meter lang, vielmehr hoch, und der Stamm am unteren Ende stärker als Rudis kräftiger Oberarm. »Nur die Spitze«, wiederholte er.

Der Gärtner ließ sich auf nichts ein. »Bezahlen müssen Sie den ganzen Baum.«

Gnädig sägte er ihm das obere Drittel des Ungetüms ab, an dem sich leider die wenigsten Äste befanden, und gegen ein kleines Trinkgeld durfte Rudi die längere Hälfte dalassen. Freundlich bot ihm der Mann wegen der Überlänge einen roten Lappen an.

Ächzend unter seiner Last, die in keine Straßenbahn paßte – und erst recht in keinen Trabant –, wankte Rudi heimwärts. Der eisige Ostwind ließ seine Finger erstarren. Es war spät, als er zu Hause eintraf. Erschrocken schlug Helma die Hände über dem Kopf zusammen. »Die Peitsche reicht ja für zwei Stockwerke«, sagte sie entsetzt.

»Ein wunderschöner Baum«, behauptete Rudi und dachte an das viele Geld, das er dafür bezahlt hatte. Beinahe die ganze Prämie für seinen Bahnposteinsatz. Aus den restlichen Metern würde der Gärtner noch viele Kränze für die Sozialisten flechten.

Um weitere anderthalb Meter verkürzt, paßte der Baum knapp ins Wohnzimmer. Er sah ein bißchen kahl aus, war dafür aber sehr gerade gewachsen. Als sie endlich erschöpft davorsaßen, fand das von zwei Lichterketten umschlungene und unter Bergen von Lametta begrabene Gehölz sogar Helmas Billigung.

»Und wo ist nun deine Überraschung?« wollte Rudi wissen.

Verschwörerisch lächelnd zog Helma ein quadratisches Päckchen unter dem Baum hervor und reichte es ihm. Er roch den vertrauten Duft, erkannte den dreieckigen Zollstempel und zuckte zurück.

»Onkel Hermann hat uns zum ersten Mal ein Weihnachtspäckchen geschickt«, flötete Helma.

Vorsichtig wog Rudi das unerwartete Geschenk in der Hand. Es war leicht. Sehr leicht sogar für seine

Größe. Zu leicht für ein Pfund Kaffee oder auch nur drei Tafeln Schokolade. Es waren hoffentlich keine Druckschriften drin gewesen und entnommen worden? Er schüttelte das Päckchen. Innen raschelte etwas.

»Willst du es nicht endlich aufmachen?« drängte Helma ungeduldig.

Voller Mißtrauen, aber dennoch fachmännisch schlug Rudi das Papier auseinander. Auf dem Karton glänzte ein bunt geputzter Weihnachtsbaum, und eine Aufschrift verriet: *Made in Taiwan.*

Er hob den Deckel. Auf giftgrün benadelten Plastikzweigen lag ein Zettel:

Bei Euch gibt es ja keine Weihnachtsbäume. Wenn das Paket durch die Kontrolle kommt, seid Ihr dieser Sorge nun für alle Zeiten enthoben.

Gesegnetes Weihnachtsfest!

Euer Onkel Hermann

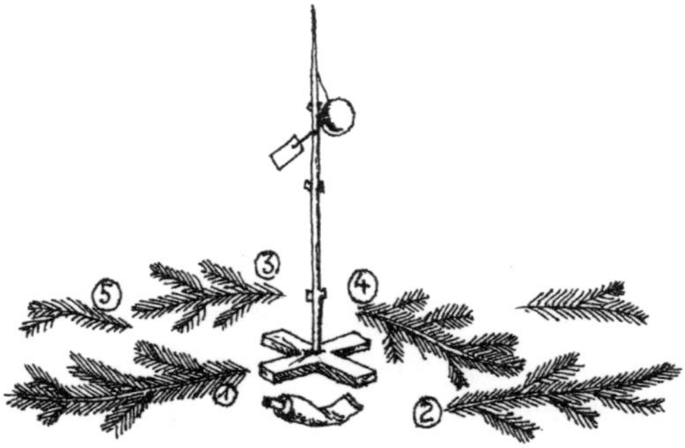

Dieter Kürten

Schluß mit lustig!

Ich muß vier oder fünf Jahre alt gewesen sein, so ganz genau weiß ich das nicht mehr; aber ich erinnere mich noch ziemlich lebhaft daran, daß ich am Heiligabend nur haarscharf an einer deftigen Tracht Prügel vorbeigekommen bin. Meine Mutter hat mich gerettet, obwohl ich gerade ihr die Stimmung gründlich verdorben hatte.

Wer die Schnapsidee hatte, mir ein so spritziges Geschenk mit besonderem Knall-Effekt unter den Weihnachtsbaum zu legen, ist später lang und breit diskutiert worden. Wie auch immer: Mir hat es viel Freude bereitet, und ich habe es zielsicher und sehr wirkungsvoll eingesetzt.

Vermutlich ist es bei Ihnen daheim ganz anders; bei uns zu Haus sah das so aus: Der Weihnachtsbaum, wenn er denn endlich herbeigeschafft war, tagelang auf dem verschneiten Balkon gelegen hatte, aufgetaut und zurechtgestutzt, das heißt, gekürzt und an seinem unteren Ende zugespitzt war – diese Tanne also mußte schon ihre knapp drei Meter haben, um mit ihrer Krone die Zimmerdecke streicheln zu können. Ein Trumm von einem Baum!

Solange man Kind ist, nimmt man die Kommentare, die in aller Regel das Aufstellen eines Weihnachtsbaumes begleiten, amüsiert und mit Verwunderung zur Kenntnis. Später dann, wenn man selber gezwungen ist (jawohl, gezwungen!), sein ganzes Geschick, seine volle Überwindungskraft, ja seinen ganzen Körper einzusetzen, um einen abgehackten Tannenbaum in den dafür vorgesehenen Ständer zu zwängen, erst dann erkennt man deutlicher, welcher Reichtum an Flüchen sich freisetzen läßt im Duell mit dem widerspenstigen Stück Natur.

Alsdann: Der Zweikampf ist gewonnen – der Baum steht! Die Gutachter treten näher.

Großmutter hätte ihn gern gedreht. »Die Hinterseite nach vorn. Damit man die Lücken nicht so sieht!«

»Aber dann hängt er doch nach rechts«, widerspricht die Mutter.

»Ich kann ihm ja auch zwei, drei von den abgetrennten Zweigen einpflanzen«, bietet der Großvater an.

»Sag bloß, das kannst du?« will eines der Kinder wissen.

»Klar kann er das«, sagt Großmutter. »Großvater kann alles; nur der liebe Gott kann mehr!«

Früher fand ich das nur lustig, später jedoch hat es mich beeindruckt, denn in der Tat: Mein Großvater konnte – na, sagen wir, *fast* alles.

Jetzt, nachdem die Löcher gebohrt und die Schwachstellen ausgebessert waren, sah das Schmuckstück wirklich viel edler aus. »Aber aufgepaßt mit den Kerzenhaltern und Kugeln«, warnte Opa.

Kerzen, Kugeln und Lametta, auch so ein Dauerthema. Dieser hätt's gern möglichst bunt, jener lieber uni. Manche mögen's wild, andere wieder streng. Rote Kerzen, gelbe Kerzen, dicke oder dünne? Vielleicht gemischt? Engelhaar durch den gesamten Baum geflochten, Lametta in Büscheln oder lieber verstreut? Weiße Kugeln, farbige Kugeln, überhaupt keine Kugeln, lieber nur Strohsterne? Was ist mit Figürchen aus Holz? Engelchen, Pferdchen, Jesulein-Püppchen? Wie sieht's aus mit Äpfeln, Nüssen oder Plätzchen? Der ganze Baum voller Spekulatius oder Zimtsterne? (»Zementsterne«, wie mein Onkel immer sagte.)

Der Weihnachtsbaum als Knusperhäuschen!

Schluß jetzt! Was ist mit dem Knall-Geschenk und der angedrohten Abreibung?

Sofort! Erst noch dies: Das letzte Wort hatte am Ende dann doch meine Mutter.

Ein kerniger Baum, weiße Kerzen, wenn Lametta, dann nur gebüschelt. Nichts Buntes, kein Schnickschnack, keine Christbaumspitze, aber Christbaumkugeln. Jede Menge Christbaumkugeln – alle weiß!

Ich hab' lange gegrübelt – es müssen an die zwanzig, fünfundzwanzig gewesen sein. Schöne, dicke weiße Christbaumkugeln.

Und mein Paradegeschenk: ein sogenanntes Stoppengewehr! Ein kleines Druckluftgewehr mit Korken vorn im Lauf, festgehalten von einem Schnürchen, damit er nicht davonflog.

Abzugshahn gespannt, Korken in den Lauf gestopft, Schuß – peng! Herrlicher Knall! Noch mal: Eins, zwei – peng! Jetzt mal gegen die Wand: Eins, zwei – peng! Knallt prima, aber nicht so richtig rund.

Probiern wir's mal an der Zimmertür. Peng! Schon besser.

»Nicht gegen die Tür, bitte, das schadet dem Lack! Schieß in die Luft! Aber paß auf! Nicht so nah ans Gesicht!«

Vater rumort im Nebenzimmer, Mutter werkelt am Herd, Großmutter jongliert mit den Töpfen; die einen musizieren, die anderen packen aus und wieder ein, nur ich bin noch immer auf der Suche nach einem passenden Ziel. Gibt's etwas Reizvolleres als diese prallen, glitzernden Christbaumkugeln? Und wie die platzen, wenn man sie richtig trifft! Zack, die nächste. Plob, die dritte. Klirr, wieder eine. Klingt nicht so satt, man muß mehr in die Mitte halten. Peng, peng, peng – alle runtergefeuert. Macht Riesenspaß!

Bis der Vater auftaucht, zornesrot. Schluß mit lustig! Doch – wie gesagt – bevor es auf meinem Hosenboden richtig knallte, konnte meine Mutter mich abschirmen.

Keine einzige Kugel mehr im Haus. Zum erstenmal ein Christbaum völlig ohne. Soll sie lachen oder weinen? Immerhin sieht sie nicht so traurig aus wie die Reste, die am Baume baumeln …

Maximilian Gege

Weihnacht

WEIHNACHTEN steht vor der Tür –
öffnet – laßt es schnell herein –
es soll ein Zeichen der Besinnung sein.

In unsrer heutigen hektischen Zeit
fragen wir uns oft nach dem Verbleib
der Monate, Tage und auch Stunden.

Es sieht so aus, ganz unumwunden,
als bliebe die Zeit überhaupt nicht mehr stehn,
als könne man nicht mehr am Rad der
    Geschichte drehn.

Das Fernsehen führt uns an alle Plätze dieser
    Welt.
Reisen kann man, mit mehr oder weniger Geld.

Bekommen wir noch Eindrücke von dem Leben
    um uns her,
von der Natur, den Bergen, dem Wald und dem
    Meer,
schöpfen wir noch Kraft aus dem gemeinsamen
    Sprechen,
oder läßt die Anonymität einfach alles
    vergessen?

Entwickeln wir Gefühle, ein offenes freies Herz,
spüren wir Unvollkommenheit, darüber den
Schmerz?
Ist die Lebensphilosophie dem Menschen
zugewandt,
oder lassen wir uns verführen von unnützem
Tand?

Viele Fragen sind wohl noch offen,
doch ich glaube, wir können hoffen,
denn wer die Weihnachtstür aufgemacht,
hat den Augenblick der Besinnung
hereingebracht!

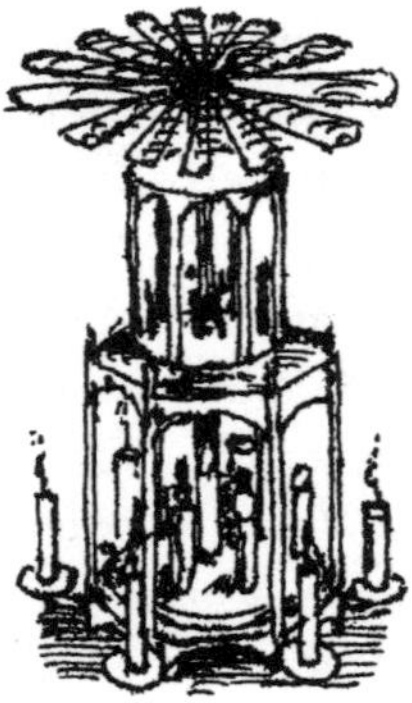

Hans W. Geißendörfer

Scherenschnittlesezeichen

Ende der vierziger Jahre. Wir lebten in einem Mietshaus. »Tabor«. Es lag auf einem Hügel in der Nähe der Bahnstrecke Würzburg–Nürnberg. Dampflokomotiven. Zwölf Familien lebten dort unter einem Dach. Gleich nach dem Krieg aber noch viel mehr. Jede Familie hatte ein paar Flüchtlinge, Verwandte oder Aussiedler in der Wohnung, und wir Kinder fanden das toll. Immer war was los. Irgend jemand hatte immer Zeit, mit uns Kindern zu spielen, zu singen, zu toben, zu schimpfen. Für meine Mutter war es sicher nicht so schön, kaum Platz zu haben, die Küche mit zwei anderen Müttern teilen zu müssen. Und nur ein Bad mit Kohleofen und ein WC. Die Badezeiten wurden versuchsweise immer wieder neu festgelegt, aber im Grunde herrschte Chaos, wunderbares Chaos, ein sauberes Chaos. In meiner Erinnerung gibt es nur Sterne aus dieser Zeit. Wunderbare Märchen aus Schlesien, aus Polen, aus Franken, von Rügen, Dedda, Tante Doris, Tante Hannelore, Tante Annemarie, Kissenschlachten, Tante Lotte, und immer nur *ein* Brötchen für jeden, *ein* Stück Kuchen, Tauschgeschäfte, gibst du mir das, geb ich dir das, pralles wunderbares Leben und fast kein Geld. Aber es herrschte ein Zusammengehörigkeitsgefühl, großartig, man half sich, ohne nachzufragen, alle waren optimistisch und voller Erwartung, voll mit Plänen, Visionen. Hoffnung war in jeder Wohnung. Über uns wohnten 14 Leute in drei Zimmern, und wir Kinder hatten den Eindruck, daß alle immer fröhlich waren. Natürlich war das nicht so. Es gab auch Sorgen und Kummer, Krankheiten, Wunden, die der Krieg schlug, unheilbare Wunden. Es gab keinen einzigen Mann im ganzen Haus. Einsamkeit, Trauer. Ich wurde von Frauen erzogen, und Frauen haben mir von Männern erzählt. Und sie haben mit uns Kindern Feste gefeiert. Wunderbare Feste. Riesige Feste. Auch Weihnachten. Und wie! Wir waren damals 18 Kinder im Mietshaus. Und Weihnachten dauerte herrliche Ewigkeiten lang.

Schon Wochen vor dem ersten Advent ging's los. Niemand dachte an Shoppinggehen, aber alle dachten an Kleister, Schere, Papier, Buntstifte, Herbstblumenpressen, Tannenzapfensammeln, Wachsabkratzen, Kerzengießen, Malen, Zeichnen, Linoleumschnitte, Scherenschnitte, Bilderrahmenbauen, Glasschneiden und hundert Dinge mehr. Basteln für Oma, für alle Tanten, für die Geschwister, für die Freunde und die Leute oben drüber und die unten drunter. Irgendwie hatte ich das Gefühl, wir beschenkten das ganze Haus. Und man hatte viele kleine Geheimnisse. Wer nicht rechtzeitig anfing, hatte echten Streß.

Schlimm war, als ich herausfand, daß nicht nur ich ein Scherenschnittlesezeichen für Oma Börtzel angefangen hatte, sondern auch mein Bruder. Er wollte, daß ich aufhöre, ich wollte ihn zwingen, sich etwas anderes auszudenken. Einmal hatte meine Schwester schon längst Pflanzen getrocknet und gepreßt und zu einem Bild für Mutter geformt, als ich gerade anfing, das Bügeleisen auf dem Kohleherd heiß zu machen.

Der erste Adventssonntag war dann immer das erste riesige Ereignis. Die selbstgemachten Adventskalender mit all den Fenstern und Bildern hinter den Fenstern, die Kerzen auf dem Adventskranz, das erste Licht. Unglaublich, wie feierlich und bedeutsam es damals war, diese erste Kerze anzuzünden. Das hat Mutter beim Frühstück getan. Der Kirchgang danach war schöner, wenn es schon Schnee gab. Unsere Straße ging stadteinwärts bergab, und man konnte lange, lange schlittern, rutschen und Schlitten fahren. Autos gab es kaum. Und Winterreifen gab es gar nicht. In unserer Straße besaß damals nur ein Sägewerkbesitzer ein Auto, aber auch er hatte keine Winterreifen. Kirchgang war lästig und auch wieder nicht. Man traf Freunde und Schulkameraden. Die Vettern, die Cousinen. Mädchen. Heidi aus der Parallelklasse. Und wenn dann in der Kirche die erste Kerze brannte, eine dicke Kerze auf einem riesigen Kranz, der auf dem Taufbekken lag, dann verging die Zeit schnell. Danach ging ich oft an den Fluß oder an den Weiher. Eisschollen. Heidi wohnte am Fluß. Wie oft kam ich zu spät zum Mittagessen. Sonntagmittagessen war ja auch immer schon um 12 Uhr. Und alle Tanten – und überhaupt alle – waren immer pünktlich. Danach wurde oft gesungen, bis in die Dämmerung. Dann manchmal auch noch bis in die Nacht. Musik. Weihnachten ohne Musik und ohne Musizieren muß furchtbar sein, obwohl es auch lästig war, wenn die Geschwister schon wieder proben wollten und ich meinen Part noch immer nicht ausreichend geübt hatte. Flöte natürlich. Die Schwester Klavier. Der Bruder Cello. Und für die Mutter, für die Tanten und Dedda und Laura und Anneliese, für alle sollte das Stück eine Überraschung sein. Wie konnte denn das gehen? Man hörte doch alles in den Nebenräumen. Wir spielten eben »ohne Klang«. Ich achtete auf die Finger der Schwester, auf die Stellung ihrer Finger auf dem Klavier, sie auf die Stellung meiner Finger auf der Flöte und wir beide auf die Lage der Finger meines Bruders auf den Cellosaiten. Dann wußten wir, wer wo ist und welcher Ton gerade erklingen würde, würde man ihn nur erklingen lassen. Wegen der vielen Leute gab es keinen Moment, in dem wir alleine in der Wohnung gewesen wären.

Am Tag vor dem Heiligen Abend ging meine Mutter auf den Dachboden und holte den Christbaumständer. Auch er war Musik. Ein aufziehbares, mechanisches Glockenspiel war in ihm eingebaut, das spielte »Ihr Kinderlein, kommet«. Meine Mutter trug dieses metallene Wunderwerk auf beiden Händen wie einen großen Kuchen. Sie kam feierlich damit die Treppe herunter. Das ganze Treppenhaus war Weihnachten pur. Es war immer stiller als sonst. Die Leute in den anderen Wohnungen lauschten mit. Für meinen Freund Erich waren es viele Jahre lang Engel, die diese Musik machten. Sie brachten die Christbäume vorbei und halfen dem Christkind. Und alle glaubten. Ein Zwölffamilienhaus mit 70 normalen Menschen drin, und keiner zweifelte an dem Ereignis »Weihnacht«. Ich weiß nicht, ob Zweifel zugelassen worden wären; es gab sie nicht. An Weihnachten ist Jesus geboren. Und das ist gut so. Punkt, Schluß, aus. Ende der Durchsage.

Am Nachmittag des Heiligen Abends wurden wir zum Schlittschuhlaufen geschickt oder an den Fluß. Heidi. Danach in den Kindergottesdienst. Zu Hause bleiben und das Christkind stören? Kommt überhaupt nicht in Frage. Auch Dedda und Doris und all die Tanten und Laura, auch sie mußten aus der Wohnung, aus dem Haus. Nur Mutter durfte warten, bis das Christkind kam.

Dann, gegen sechs Uhr, war das Wohnzimmer abgeschlossen. Auch das Schlüsselloch war verhängt. Meine Mutter kannte mich zu gut. Wir zogen uns alle um, machten uns schön, Kragen raus, kratzige Unterwäsche und Wollstrümpfe an. Kein Widerspruch jetzt.

Dann wurden wir ganz still, minutenlang still. Die Wollstrümpfe kratzten in diesen Augenblicken noch mehr. Ja nicht das Glöckchen überhören. Dann öffnete meine Oma die Tür und küßte meine Mutter, die mit hochrotem, erhitztem Gesicht den Wunsch entgegennahm: »Frohe Weihnachten, Frieda! Was wär jetzt erst, wenn dein Mann da wär!« Und meine Mutter antwortete leise: »Frohe Weihnachten, Mutter.« Wir schlichen ans Klavier und um das Klavier herum und begannen zu spielen. Die Frauen weinten. Alle Frauen weinten, was ich damals nicht begriff. Es war doch Weihnachten. In diesem Augenblick stand ich immer absichtlich mit dem Rücken zum Christbaum und den Kerzen. Ich habe mir die Blicke, die Ereignisse aufgeteilt. Eines nach dem anderen. Erst nur das rote Gesicht meiner Mutter. Dann die Musik. Das Schniefen und Schneuzen, dann erst die Kerzen, der Schmuck, die Kugeln, damit die Weihnachtsgeschichte, die meine Mutter vorlas, schneller vorbeiging. Unterm Baum die verpackten Geschenke. »… und sie legten das Kind in eine Krippe, denn sie fanden keinen Raum in der Herberge.« Bei dem Wort Herberge machte Dedda dann immer die Spieluhr im Christbaumständer an, und das leise Glokkenspiel begann: »Stille Nacht, heilige Nacht« – und alle sangen mit. Alle Strophen. Sieben lange Strophen. Mit jeder abgesungenen Strophe kam der Augenblick näher, in dem wir die Geschenke öffnen durften.

Einmal bekam Tante Lotte drei Scherenschnittlesezeichen gleichzeitig. Je eines von meinem Bruder und meiner Schwester. Eines von mir. Sie waren zumindest alle drei verschieden groß. Aber meines war das kleinste.

Wolfgang Ockenfels

Von einer Besinnung zur anderen

Zwischen Rhein und Mosel lebt ein Theologe, der sich in Sachen Weihnachten ganz gut auszukennen glaubte. Zu Gott, der ihn von Kindesbeinen an und von Jugend auf erfreute, hatte er nicht nur zur Weihnachtszeit ein inniges Verhältnis. Er sagte sich: Wenn der allmächtige Gott als hilfloser Säugling zur Welt gekommen ist, muß er ihr und jedem einzelnen etwas ungemein Tröstliches zu sagen haben.

Frühzeitig hatte er sein Leben so eingerichtet, daß auch reichlich Zeit blieb, über es nachzudenken. Er ging ins Kloster, schloß sich einem altehrwürdigen Orden an und gab seinen ungläubig staunenden Freunden zu verstehen: I do it my way. »Lebenslänglich« lautete das Urteil, das er über sich sprach: Ein Leben lang – wie einst der heilige Dominikus – pendeln zu können zwischen Kontemplation und Aktion, zwischen Beschaulichkeit und Verkündigung, zwischen theologischer Forschung und akademischer Lehrtätigkeit. Variatio delectat oder, wie der Rheinländer sagt: Jeder Jeck is anders – et kütt, wie et kütt.

Wie es kommen mußte, kam es. Sobald die holde Weihnachtszeit nahte, wurde er regelmäßig von einem Weihnachtsfieber ergriffen wie andere Leute von der Grippe, die sich ja auch auf Krippe reimt. Gegen dieses Fieber halfen auch die Impfungen nicht, die er in einem kritischen Theologiestudium in den achtundsechziger Jahren empfangen hatte. Damals hatte man ihm einzubleuen versucht, daß Wunder doch eine ziemlich absurde Sache seien – und daß die Glückseligkeit nicht im Himmel zu suchen, sondern für die Zukunft politisch zu machen sei.

Doch dem wundervollen Zauber der Weihnacht, dem »Süßer die Glocken nie klingen«, konnte er sich nicht entziehen, auch wenn dieses Lied inzwischen der Liturgiereform zum Opfer gefallen war. Wer mütterlicherseits aus einer Familie westfälischer Spökenkieker stammt, ist ohnehin an wundersame Dinge gewöhnt und neigt zur Sentimentalität, also zur Unfähigkeit, Abschied zu nehmen. Aber wovon und wozu sollte er Abschied nehmen? Gerne war er ergriffen und entzückt, wenn die Gemeinde, in der er gelegentlich aushalf, inbrünstig »Stille Nacht, heilige Nacht« sang, und er brachte es fertig, leise mitzusummen, wobei er die eine oder andere Träne nicht zurückhalten konnte.

»Die reinste Wasserverschwendung«, raunte ihm der Versucher ins Ohr. Doch erschien ihm Weihnachten eher wie ein knisterndes Herdfeuer, an dem sich der ausgekühlte Glaube ein wenig erwärmen konnte. Da müßten sogar einem coolen Theologen Lachen und Spott vergehen. Mit dem üblichen sozialkritischen Verdacht gegen bürgerliche Stimmungsmache, Kommerzialisierung und Konsumterror konnte er immer weniger anfangen. Vielmehr ahnte er, daß hinter dem periodisch einsetzenden Weihnachtskaufrausch die verlegene Sehnsucht nach Güte und Zuwendung, Segen und Heil wirksam sei.

Kaum setzte der Advent ein, hetzte er von einer Besinnung zur anderen. Als Festredner war er ein gefragter Mann und hatte inzwischen eine gewisse Routine erworben, mit nüchternem Pathos über Frieden, Freude, Dankbarkeit und Zuversicht zu reden. Die Hochkonjunktur der Besinnlichkeit führte ihn zu Parteien, Vereinen, Verbänden, Kirchengemeinden. Auch pflegten ihn einige Wirtschaftsunternehmen zu ihrer Mitarbeiter-Weihnachtsfeier einzuladen, wo er nach dem üppigen Essen die Sinn- und Wertfrage anschneiden durfte. Freilich war es bei solchen Gelegenheiten nicht immer erwünscht, die christliche Erlösungsbotschaft deutlich kundzutun. Dies konnte er bei den Adventspredigten und klösterlichen Exerzitien ausführlich nachholen, wo er die Sehnsucht nach dem heilen Anfang und dem guten Ende wachrufen und die befreiende Antwort des Glaubens bekennen durfte.

Aus dem Neuen Testament zitierte er dann am liebsten die Jesusworte: »Wenn ihr nicht werdet wie die Kinder!« und »Ich preise dich, Vater, Herr des Himmels und der Erde, daß du all das den Weisen und Klugen verborgen, den Unmündigen aber offenbart hast.« Daran schlossen sich Überlegungen an, die auf die Grenzen akademischer Theologie verwiesen und bei seinen Zuhörern eine kindlich staunende Offenheit für das Geschenk der Gnade hervorrufen sollten. Aber er konnte nie ganz sicher sein, daß sich der heilsame Trost, den er den verwundeten Seelen spenden wollte, nicht unter seiner segnenden Hand vom Kindlichen ins Kindische verwandelte. Manchmal kam er sich vor wie ein Weihnachtsmann für Erwachsene und wäre dann gern in die Rolle des Knecht Ruprecht geschlüpft. Er konnte nicht ahnen, wie schnell sich dieser Rollenwechsel vollziehen sollte.

Das Ereignis liegt nur wenige Jahre zurück. Wie immer hatte der Pater seine Besinnlichkeitstournee absolviert, war in Sachen Weihnachten über den Frieden redend durchs Land gezogen und hatte diesmal sogar den Mitgliedern einer Wohnungsbaugenossenschaft gegen dickes Honorar die harmlose Botschaft des »Seid nett zueinander!« rübergebracht. Überdies hatte er eine Reihe frommer Predigten gehalten, Beichten gehört und Hochämter gefeiert, so daß er nach den Strapazen der Feiertage eigentlich »reif für die Insel« gewesen wäre, wo er unter Palmen statt Tannenbäumen endlich einmal selber zur Ruhe kommen wollte.

Drei Tage nach Heiligabend las er in der Zeitung, in der er gerade Last-Minute-Angebote und Kriegsberichte studiert hatte, folgende Notiz:

»Mit einem toten Neugeborenen auf dem Arm ist Heiligabend eine obdachlose Frau bei eisiger Kälte durch die Straßen Göttingens geirrt. Sie hatte den Jungen nach eigenen Angaben in der Nacht zum 24. Dezember in einem Abbruchhaus ohne Fenster und Heizung zur Welt gebracht und allein abgenabelt. Die 28 Jahre alte Frau habe gesagt, das Kind habe gelebt, sei aber wenige Stunden später ›plötzlich tot gewesen‹, teilte die Polizei mit. Mit dem in Decken gehüllten Säugling lief die Frau mehrere Kilometer weit bis zu einer Containersiedlung. Dort untergebrachte Obdachlose riefen den Notarzt, der jedoch nur noch den Tod des Kindes feststellen konnte. Anzeichen für äußere Gewalteinwirkung seien nicht festzustellen gewesen. Die Frau wurde in ein Krankenhaus gebracht. In der Nacht zu Heiligabend war es in Göttingen minus 15 Grad kalt.«

Als er das las, erlitt er einen gelinden Schock. Diese

Weihnachtsgeschichte ließ ihn fortan nicht in Ruhe. Wurde hier nicht die christliche Botschaft auf eine schreckliche Weise dementiert? Und nicht auch unser hochgepriesener Sozialstaat diskreditiert? Nie hätte er sich vorstellen können, daß es neugeborene Obdachlose gibt, die bei 15 Grad minus nicht nur Opfer unseres winterlichen Klimas, sondern auch einer sozialen Kälte werden können, die unser weiträumiges anonymes Sozialsystem durchzieht. Er begann, die Herzlosigkeit eines sozialen Umfelds zu beklagen, das eine extrem hilfsbedürftige Schwangere einfach übersieht und mit ihrem Schicksal allein läßt. Aber gehörte er nicht selber zu diesem sozialen Umfeld?

Fest nahm er sich vor, der Sache auf den Grund zu gehen. Zunächst wurde er bei der Sozialbehörde seiner Heimatstadt vorstellig. Dort teilte man ihm mit, daß sich solche Fälle nicht ereignen dürften. Es seien ja nicht »die« Arbeitslosen, die »auf der Straße liegen«, wenngleich auch der Mangel an Beschäftigung zur Heimatlosigkeit führen könnte. Es läge auch nicht bloß am fehlenden Know-how, sich der staatlichen Sozialhilfe zu bedienen. Auch könnte von einem Mangel an staatlichen und kirchlichen Obdachlosenasylen keine Rede sein. Die Zerstörung des Sozialgefüges läge vielmehr bereits in dem begründet, wovor uns unsere Großmütter immer schon gewarnt hätten: zerrüttete Ehen und Familien, schlechter Umgang und Müßiggang, Genuß von Unsinn und Gewalt, Alkohol und Drogen.

Diese Gründe schienen ihm plausibel zu sein, und er dachte dabei an Janis Joplins stolzes Bekenntnis »Freedom is another word for nothing left to lose«. Aber diese Freiheit, so meinte er, sei schließlich jene, die nur noch an sich selber denkt und andere, die nichts mehr zu verlieren haben außer ihr Leben, auf Parkbänken oder in Abbruchhäusern erfrieren läßt.

Wenn auch die weitläufige Solidarität kalter Strukturen immer mehr die persönliche Barmherzigkeit entbehrlich gemacht zu haben schien, so sollte das für ihn, einen christlichen Theologen, nicht gelten. Nicht für ihn! Obwohl professioneller Anhänger des Sozialstaats, wollte er das Kleingeld der Nächstenliebe nicht in den großen Schein abstrakter Solidarität umtauschen. Er war wild entschlossen, mit den wirklich Betroffenen persönlich zusammenzukommen.

Zunächst beobachtete er intensiv seine Zielgruppe, die das touristische Stadtbild lädierte. Es waren keine romantisch vagabundierenden Landstreicher, die sich in die Städte verirrt haben, sondern Penner, Berber und Punker – wie sie sich selber nennen –, die in den städtischen Ballungsräumen erzeugt werden. Dort demonstrieren sie ihre Verwahrlosung auf öffentlichen Plätzen, vor den marmorkalt glänzenden Fassaden der Kaufhäuser, Banken und Kirchen, in Bahnhöfen und U-Bahn-Schächten.

Da er sich immer für eine »geistig-moralische Wende« eingesetzt hatte, gerade auch in seinen weihnachtlichen Verlautbarungen, schien es ihm notwendig, bei sich selber damit anzufangen. So begann er, den vor den Kirchen hierarchisch plazierten Bettlern etwas Geld in den Klingelbeutel zu werfen, wohl wissend, daß es als Zahlungsmittel für Alkohol genutzt wurde. Aber was heißt schon Alkohol, wenn es so schöne Gottesgaben wie Wein, Schnaps und Bier gibt? Und wenn diese sogar zum Religionsersatz werden können?

Unsere technisch hochgezüchtete Leistungsgesellschaft scheint keinen Platz mehr übrig zu haben für

Analphabeten und Verwahrloste, für Süchtige und sonstwie Zurückgebliebene. Früher kamen sie auch in den Klöstern unter. Heute stehen viele Klöster leer. Wären sie kein geeigneter Ort für Obdachlose? Diese Frage stellte sich unser Weihnachtsprofi, und er stellte sie auch seinem hochwürdigen Pater Prior, der ihm mit einem müden Lächeln bedeutete: Werden sie sich auch an Regeln halten können?

So ging er weiter nachdenkend durch seine Stadt, blieb bei diesem oder jenem Penner, Berber oder Punker stehen, hielt vergebens Ausschau nach schwangeren Obdachlosen, unterhielt sich ein wenig über das miserable Wetter, kaufte das Straßenmagazin »motz« der Obdachloseninitiative »Motz und Consorten e. V.«, die unternehmerische Initiativen zur Resozialisierung ihresgleichen aufgenommen hat: Weg von den Drogen, hin zu einer geregelten Arbeit. Wenn er demnächst mal seinen Keller entrümpeln oder umziehen sollte, würde er garantiert ihre Hilfe in Anspruch nehmen, nahm er sich vor.

Einmal traf er eine junge, ziemlich mitgenommen wirkende Frau auf der Straße. Ohne Hund und ohne Anhang. Sie sah aus wie Janis Joplin. »Wie geht's?« fragte er. – »Nicht gut drauf. Doch wenn du glaubst, es geht nicht mehr, kommt von irgendwo ein Lichtlein her«, gab sie leicht ironisch zur Antwort. »Übrigens, haste 'ne Zigarette?« Er reichte ihr eins seiner Zigarillos. »Und Feuer?« Er gab ihr sein Feuerzeug und steckte sich auch eine kleine Garibaldi in den Mund. Ein würziger Duft durchdrang die kalte Luft. Ein Gefühl wie Weihnachten beschlich ihn. Werde jetzt bloß nicht sentimental, sagte er sich.

Gabriele Krone-Schmalz

Heiligabend in Moskau

Von zu Hause war ich fröhliche Weihnachten gewohnt. Mutter, Vater, Kinder, Weihnachtslieder. Es gab Pute und Gans und eingelegte Heringe und viele leckere Süßigkeiten. Der duftende Weihnachtsbaum kam per Bahnexpreß aus Bayern. Mein Großvater hatte das Prachtstück, das wir jedesmal noch kräftig kürzen mußten, damit es ins Zimmer paßte, höchstpersönlich ausgesucht. Meine Großmutter schickte mindestens zwölf verschiedene Sorten feinster Plätzchen und zwei riesige Christstollen – alles selbstgebacken, versteht sich. Weihnachten war feierlich, ruhig, gemütlich – einfach rundherum schön.

Als ich meine Korrespondentenzeit in Moskau begann, wußte ich natürlich, daß der 24. Dezember und die darauffolgenden Feiertage in Rußland keine Bedeutung haben. Das orthodoxe Weihnachtsfest liegt vierzehn Tage später. Aber zwischen Wissen und Fühlen gibt es bekanntlich Unterschiede, und so war ich am Heiligen Abend 1990 trotz Wohnsitz Moskau und Bereitschaftsdienst auch ohne großen Tannenbaum und Stollen auf weihnachtlich programmiert. Damals gab es nur begrenzte Möglichkeiten, direkt ins Ausland zu telefonieren. Dafür brauchte man einen Anschluß mit einer ganz speziellen Telefonnummer. Zu Hause besaß ich so etwas nicht, also fuhr ich, begleitet von meinem Mann, ins Büro, um mit den *Tagesschau-*

Kollegen in Hamburg zu sprechen. Schließlich tagte der Volksdeputiertenkongreß, und es standen so wichtige Fragen an wie der Erhalt der Sowjetunion. Das Abstimmungsergebnis war deutlich. Obwohl die drei baltischen Staaten und Georgien ihre Absicht bekräftigten, einen neuen Unionsvertrag nicht unterschreiben zu wollen, sprach sich die überwältigende Mehrheit der Abgeordneten grundsätzlich für die Einheit der Sowjetunion aus. Schnell war ein Reporterbericht für die 20.00-Uhr-Ausgabe der *Tagesschau* verabredet. Alles verlief routinemäßig. Die Chancen stiegen, trotz Arbeit noch einen weihnachtlichen Ausklang des Tages zu Hause hinzukriegen. Aber plötzlich hieß es: Krjutschkow, der Leiter des damaligen sowjetischen Geheimdienstes KGB, hat eine Pressekonferenz angekündigt. Als Volksdeputierter hielt sich auch Krjutschkow im Kongreßpalast im Kreml auf, und seine Pressekonferenz sollte in den dortigen Räumlichkeiten stattfinden. Nun muß man wissen, daß ausländische Journalisten während der Sitzungen des Volksdeputiertenkongresses nur sehr eingeschränkte Möglichkeiten hatten, in den Kreml zum Tagungsort zu gelangen. Das ging nur organisiert, im Pulk per Bus. Also galt es als erstes herauszufinden, wie hereinzukommen war. Im Prinzip eine unproblematische Recherche, sollte man annehmen. Im Prinzip, ja, aber … Zehn Telefonate reichten nicht, um eine eindeutige Auskunft zu bekommen. Im Gegenteil, die Verwirrung stieg mit jedem Gespräch, weil offizielle Stellen, die es eigentlich wissen mußten, von gar nichts wußten. Pressekonferenz? Heute? Nein. Das für uns zuständige Außenministerium wimmelte ab. Die Pressestelle des Obersten Sowjet ebenfalls. Auch die Nachrichtenagentur TASS, von der die Meldung schließlich stammte, konnte sich auf ihre eigene Information keinen Reim mehr machen. Das Gespräch mit der Pressestelle des KGB lief folgendermaßen ab: »Tut mir leid, wir wissen davon nichts. Haben Sie schon beim Außenministerium nachgefragt?« – »Ja, hab' ich.« – »Und? Was haben die gesagt?« – »Daß nichts stattfindet.« – »Na, sehen Sie.« Alles sehr merkwürdig. Mit einer offiziell angekündigten Pressekonferenz des KGB-Chefs geht man doch nicht so liederlich um. Zur Sicherheit erkundigte ich mich nach den Abfahrtzeiten der Journalistenbusse, um an Ort und Stelle im Kreml weiterzufragen. Doch der zuständige Mann überraschte mich mit der Auskunft: »Heute fahren keine Busse mehr.« Als nächstes klapperte ich Kollegen der ausländischen Nachrichtenagenturen ab, um mich mit ihnen auszutauschen. Vielleicht hatten die mehr erfahren. In einer der Agenturen hielt eine Urlaubsvertretung die Stellung: »Na klar, von der Pressekonferenz habe ich auch erfahren.« – »Und? Wie kommen Sie da hin?« – »Wahrscheinlich gar nicht, ich hab' mir noch keine Gedanken gemacht, ob ich da überhaupt hin soll. Ich muß noch andere Dinge aufarbeiten.« Da kündigt der Chef des KGB eine Pressekonferenz an, ohnehin ein seltenes Ereignis, in einer Situation, wo Außenminister Schewardnadse gerade seinen Rücktritt angeboten hat, wo der Geheimdienstchef im Fernsehen erklärte, man müsse auch Blutvergießen in Kauf nehmen, um Ordnung zu schaffen, wo er die westliche Seite mit Vorwürfen überschüttete, minderwertiges Material in die Sowjetunion zu liefern – und da überlegt eine Nachrichtenagentur, ob sie diesen Termin überhaupt wahrnehmen soll. Fröhliche Weihnachten! Mittendrin meldete sich eine russische Videoagentur und bot »brisantes Material« an. Darin fordere Jelzin, damals noch russischer Parlamentspräsident unter Gorbatschow als sowjetischem Staatspräsidenten, den Ausnahmezustand für Rußland. Weitere Telefonate ergaben zweifelsfrei, daß es sich dabei um eine klassische Ente handelte. Und plötzlich – o Wunder – nahm die Pressekonferenz des KGB-Chefs konkrete Formen an. »Natürlich fährt ein Journalisten-Bus in den Kreml. Wie kommen Sie darauf, daß nicht?« Also hin. Da der Geheimdienstmann trotz des spannenden Umfelds nichts Substantielles zu bieten hatte, war damit mein Dienst beendet, und mein geduldiger Mann fuhr mit mir zusammen nach Hause. Der Rest des Heiligen Abends sollte irgendwie weihnachtlich werden. Wenigstens stimmte das Wetter. Moskau lag unter einer schmutzig-weißen Schneeschicht.

Zu Hause angekommen – wir wohnten im obersten, im zwölften Stock –, mußten wir feststellen, daß der Aufzug nicht funktionierte. Das hatten wir hin und wieder. Also keine Panik. Bißchen Training kann nicht schaden, und viel zu schleppen hatten wir heute ja auch nicht. Man muß die Dinge positiv sehen. Dumm nur, daß es überall so dunkel war und die Treppenhausbeleuchtung nicht funktionierte. Aber gleich! Wenn wir erst in unserem Wohnzimmer saßen, bei einem gemütlichen Glas Wein und einer Kerze auf dem Tisch. Auf die Kerze hätten wir dann gerne verzichtet, als sich herausstellte, daß sie für die nächsten Stunden die einzige Lichtquelle bleiben würde. Der Strom war und blieb ausgefallen. Da der Defekt sich schon vor Stunden ereignet haben mußte und unsere Zentralheizung es zu dieser Zeit ohnehin nicht schaffte, »Zimmertemperatur« zu erreichen, war das Thermometer mittlerweile auf 14 Grad abgesunken. Statt eines gepflegten Weines bevorzugten wir ein deftiges Bier. Dazu Makrelen aus der Konserve und dunkles Brot. Heiligabend hatten wir uns zwar etwas anders vorgestellt, aber – im Ernst – was war denn schon passiert?

Was braucht man zum Fest der Liebe? Wir hatten uns, waren gesund, mußten nicht hungern und nur ein bißchen frieren. Bei Kerzenschein genossen wir unser feudales Mahl und besannen uns auf die wichtigen Dinge im Leben.

Johann Lafer

Früh übt sich …

Was macht Weihnachten zu einem so besonderen Fest? Ich denke, es liegt vor allem an den Empfindungen, die wir von klein auf damit verbinden. Wenn ich mich an die Weihnachtszeit meiner Kindheit erinnere, habe ich sofort den Duft von Lebzelten, gebrannten Maroni und Mandeln in der Nase. Für mich verband sich dieses besinnlichste aller Feste vor allem mit dem Genuß der schönsten Leckereien. Schließlich halte ich meine Mutter für eine Weltmeisterin auf dem Gebiet der Mehlspeisen.

In meiner Kindheit gab es noch nicht diese wundervollen Weihnachtsmärkte wie heute, so spielte sich alles in der Familie ab. Wie wunderbar war es, meiner Mutter beim Backen zu helfen, denn für uns Naschkatzen fiel an den gemütlichen Adventsabenden natürlich immer etwas ab!

Größer noch als die Vorfreude auf die Geschenke am Weihnachtsabend war die Neugierde auf das Festmahl. Für mich war einfach das Essen an den Festtagen das Wichtigste. Wahrscheinlich auch deshalb, weil die Familie so festlich zusammensaß und die ganze Welt aus Genuß bestand.

Nicht, daß ich als Kind vom guten Essen nie genug kriegen konnte, es war einfach das Erlebnis des Besonderen.

Meine Tante aus der Schweiz kam mit ihrer Familie

stets zum Festbesuch, und so war es ganz klar, daß für eine Großfamilie anständig gekocht wurde. Ebendiese Tante erkannte schon früh meine Neigung für alles, was in der Küche brutzelte, kochte oder auch anbrannte. Sie unterstützte mich immer, wenn andere Familienmitglieder sich wunderten, daß ich lieber in der Küche mithalf, statt mit den erhaltenen Geschenken zu spielen. Meine beiden Schwestern zeigten hierfür völliges Unverständnis, freuten sich andererseits aber, daß sie daraufhin selbst nicht mithelfen mußten.

Von Tante Maria kam dann auch in einem Jahr, ich glaube, ich war gerade zehn Jahre alt, mein schönstes Weihnachtsgeschenk, nämlich ein ganzes Paket voller Backformen, Rührbesen und sonstigem Küchenzubehör. Meine Freude am Heiligen Abend war noch nie so groß!

Am nächsten Morgen war ich natürlich – lange bevor der Rest der Familie wach wurde – als erster in der Küche. Die Zutaten für das Mittagessen lagen alle bereit. Ich wußte zwar nicht, was meine Mutter zu kochen beabsichtigte, aber ich hatte ja so oft zugeschaut, daß mir die Verwendung nicht schwerfiel.

Ich hatte fest vor, das beste Weihnachtsessen aller Zeiten entstehen zu lassen. Nur mit den verschiedenen Garzeiten hatte ich mich verschätzt, und die Bedienung von Herd und Backofen ohne mütterliche Hilfe stellte sich als ernsthaftes Problem dar.

Eines aber erreichte ich: daß die ganze Familie, angezogen von einer Duftmischung aus Angebranntem und Verkohltem, wie auf Befehl in meine Kochwerkstatt stürzte.

Zu retten war nicht mehr viel, aber geschimpft hat, weil ja Weihnachten war, niemand, nur das schadenfrohe Gelächter meiner Schwestern war unverzeihlich!

Nachdem wir gemeinsam wieder Ordnung geschafft hatten und ich mich kleinlaut mit meinen heißgeliebten Küchenwerkzeugen zurückzog, lud meine Wundertante uns alle zu einem köstlichen Essen ins Gasthaus ein.

Es wurde ein so schöner Tag, daß man mir meine Experimentierfreude schnell verziehen hat. Und von dem Tag an wies meine Mutter mich ganz ernsthaft in die wirklichen Küchengeheimnisse ein.

Da das Essen zum Fest bei uns zu Hause immer eine Überraschung sein sollte, gab es auch nie, wie in vielen Familien, traditionell jährlich das gleiche Mahl. Meine Mutter und ich machten noch Jahre später immer ein Geheimnis daraus.

Eines unserer Lieblingsrezepte möchte ich Ihnen nun preisgeben. Vielleicht können Sie dann meine Begeisterung für »kulinarische« Feste verstehen.

Glasierte Weihnachtsgans mit karamelisierten Maronen, Orangensauce und Kartoffelklößen

Rezept für 4 Personen

Zutaten:		***Zubereitung:***
1	*Gans, 4–5 kg* *Salz, Pfeffer*	Die küchenfertige Weihnachtsgans mit Salz und Pfeffer würzen.
50 g *5* *4* *4* *3*	*Butter* *Schalotten, mit Schale, halbiert* *Äpfel, mit Schale, in Spalten geschnitten* *Orangen, geschält (nur das reine Fruchtfleisch)* *Thymianzweige* *etwas Beifuß* *Salz, Pfeffer*	Butter in einer Pfanne erhitzen, darin die Schalotten und Äpfel mit etwas Farbe anbraten. Die geschälten, in Stücke geschnittenen Orangen, Thymianzweige, Beifuß, Salz und Pfeffer beigeben.
		Die Füllung etwas abkühlen lassen und damit die Gans füllen. Mit einem Küchengarn die Gans binden.
2 EL *200 ml* *350 ml* *2 EL*	*brauner Zucker* *Orangensaft, frisch gepreßt* *Geflügelbrühe* *Kastanienhonig*	Den braunen Zucker mit Orangensaft, Geflügelbrühe und Kastanienhonig verrühren.
2 EL	*Butterschmalz oder Gänseschmalz*	Butter- oder Gänseschmalz in einem Bräter erhitzen und darin die Gans von allen Seiten anbraten. Mit einem Teil der Flüssigkeit ablöschen und in den vorgeheizten Backofen zunächst für ca. 2–2,5 Stunden bei 150 ° C schieben. Zwischendurch immer wieder mit der Flüssigkeit aufgießen und die Gans öfter damit glasieren. Dann den Backofen auf ca. 220 ° C erhitzen und die Gans ständig mit der verbleibenden Flüssigkeit übergießen, so daß sie eine goldbraune Farbe erhält und das Fleisch gar ist.
 4 *50 g* *etwas*	*Filets von* *Orangen* *gebräunte Mandelblättchen* *Speisestärke*	Die Gans herausnehmen und die Sauce durch ein Sieb passieren, entfetten. Die Orangenfilets und die gebräunten Mandelblättchen als Einlage in die Sauce geben, eventuell mit etwas Speisestärke leicht abbinden.

Karamelisierte Maronen:

50 g	*Zucker*	Den Zucker in einer Pfanne zu einem goldgelben Karamel erhitzen. Die Maronen darin anschwenken, mit dem Ahornsirup ablöschen, Thymianzweige beigeben, mit der Geflügelbrühe auffüllen und sirupartig einkochen lassen. Zum Schluß die Petersilie beigeben.
300 g	*Maronen, geschält*	
75 g	*Ahornsirup*	
2	*Thymianzweige*	
ca. 100 ml	*Geflügelbrühe*	
1 EL	*gehackte Petersilie*	

Kartoffelklöße (halb und halb):

250 g	*rohe Kartoffeln*	Die rohen Kartoffeln schälen, reiben und in einem Tuch gut ausdrücken. Die Pellkartoffeln noch heiß durch eine Kartoffelpresse drücken und zu den rohen Kartoffeln geben. Kartoffelmehl, Ei und etwas Salz unterrühren. Den Teig etwa 30 Minuten ruhen lassen.
250 g	*Pellkartoffeln*	
1 EL	*Kartoffelmehl*	
1	*Ei*	
	Salz	
		In einem großen Topf reichlich leicht gesalzenes Wasser zum Kochen bringen. Mit nassen Händen aus dem Teig die Klöße formen und im siedenden Wasser garen. Sobald sie an der Oberfläche schwimmen, sind sie fertig.
50 g	*Butter*	Die Butter in einer heißen Pfanne zerlaufen lassen, die in Würfel geschnittenen Schalotten beigeben und anschwitzen.
2	*Schalotten, in Würfel geschnitten*	
4 EL	*Semmelbrösel*	Nun das Ganze mit den Semmelbröseln binden und die gehackte Petersilie beigeben.
2 EL	*Petersilie, gehackt*	
	Salz	Mit Salz würzen und die fertigen Kartoffelklöße darin wälzen.

Bill Mockridge

Viermal anders

Für den Lindenstraßen-Schauspieler »Erich Schiller« läuft Weihnachten schon im Oktober an, wenn man mitten in Kerzen, Keksen und Kugeln steht und draußen kräftig die Sonne scheint!

Als internationale Mockridge-Familie feiern wir dann im Dezember und Januar selbstverständlich alle Weihnachtsbräuche durch, damit keiner zu kurz kommt und keiner irgend etwas vermißt.

Wir leben in Deutschland, also geht es am 6. 12. mit dem Nikolaus los – am Weihnachtsvorabend kommt das Christkind. Wir haben selbstverständlich zwei Christuskinder in der Krippe: einen »holden Knaben im lockigen Haar« und einen etwas sonnengebräunten »Gesu Bambino« mit dunkler Tolle. Wenn das Bimmeln des Glöckchens das »Christkind« ankündigt, rennen unsere sechs Jungs die Treppe herunter. Es wird ein Lied mit drei Strophen gesungen: eine auf deutsch, eine auf englisch und eine in italienisch. Für mehr Lieder und Gedichte reicht natürlich die Geduld nicht aus. Und dann sausen alle mit Tempo 120 (Höchstgeschwindigkeit innerhalb geschlossener Wohnungen) zur Krippe, wo die Christuskinder mit einem lauten »Happy Birthday, Baby Jesus« begrüßt werden. Dann beginnt die »Schlacht unterm Baum«.

Nachdem ich das »Meer« von Geschenkpapier zur Tür hinausgekehrt habe und meine Schwiegermutter gleich alles wieder hereingeholt hat (sie bügelt jedes Jahr die Schleifen und klebt sogar das zerrissene Papier wieder zusammen – bei uns kommt nichts um), wird das Bethlehem-Dinner aufgetragen: Fisch, Oliven, Fladenbrot und Nüsse. Danach läuft auf einer kleinen Bühne im Wohnzimmer die alljährliche »Christmas-Show« mit Liedern, Gedichten und Geschichten.

Wenn bei anderen Familien alles vorbei ist, geht es bei uns erst richtig los: Dann ist es Zeit für den »kanadischen Weihnachtsmann«. Der Kamin wird saubergemacht, ein Schnapsglas und Kekse davorgestellt, denn in meiner Heimat Kanada zwängt sich der Santa Claus am 25. 12. durch die engsten Kamine, während seine treuen Rentiere draußen auf ihn warten. Dementsprechend beginnt für mich der 25. 12. schon sehr früh. Ich stehe um 5 Uhr morgens auf, leere das Schnapsglas (in die Spüle!), esse die Kekse, lege ein Geschenk in den Kamin und muß dann im Garten Rentierspuren verteilen (eine harte Arbeit um 5 Uhr morgens!).

Danach ist endlich Ruhe? Von wegen: Am 6. Januar geht es weiter. Dann kommt wieder ein lieber Gast durch den Kamin. Es ist die alte Hexe Befana, die nach italienischer Tradition unsere Familie besucht. Der Überlieferung nach wollte Befana in Bethlehem das Christuskind beschenken, hat es aber nicht gefunden. Aus Enttäuschung darüber beschenkt sie alle Kinder am 6. Januar – nur verfügt sie über keinen Schlitten, sondern reitet auf einem Besen. Das übernimmt dann meine Frau.

Nach Befana ist aber endlich Schluß mit Weihnachten bei Mockridges, keine Geschenke mehr … Man denkt nur still an den Tag, an dem man damit beginnen muß, Eier für Ostern auszublasen.

Never a dull moment!

Also feiert schön!

Bill & Margie Mockridge & das Six-Pack

Trudeliese Schmidt

Traum von Harmonie

Weihnachten liegt im August. Theaterferien nach all den Festivals vorher. Einige freie Zeit.

Der kleine Muff für den Winter in Deutschland. Mama hat ihn sich erträumt, immer schon. Wenn der Muff im August nicht gefunden wird, gibt es Karten für die Weihnachtspremiere: »Tannhäuser« in Saarbrücken. Fünfjährige Kinder sollten sich dort nicht blicken lassen. Zu unerfahren, um den Pilgerchor zu begreifen …

Mozart komponierte mit sechs …

Morgens und abends Proben für die Premiere. Rosenkavalier.

Fitneßstudio zweimal pro Woche, sonst halt ich nicht durch. Siebzig Abende in einem Jahr in vier verschiedenen Ländern; dazu die Proben.

»Wie du warst, wie du bist, das weiß niemand, das ahnt keiner.« Karajan mochte die ganze Oper hindurch ein dreifaches Piano. Kleiber am liebsten alles ohne zu atmen gesungen.

Weihnachten liegt im August.

Börsencrash.

Lametta, Christstollen und den Hasenrücken ordern. Nicht gespickt, um Gottes willen.

Das Rezept fürs Zimtmousse nicht vergessen: Zwei Tafeln weiße Schokolade in etwas heißem Wasser auflösen. Ein Blatt Gelatine eingeweicht, hinzu.

Krieg im Kosovo.

Das Federbett im Gepäck. Auf dem Flug nach Moskau ist es in Teheran gelandet, mit der Abendrobe. Ich kann ohne Federbett nicht schlafen, nicht essen, nicht trinken, nicht singen.

Zurück nach Düsseldorf.

Ein Vanillezucker, drei Eigelb, etwas Kirschwasser und drei geriebene, teils gebröckelte, unglasierte Lebkuchen unterrühren …

Den Baum beim Förster bestellen. Er ist viel zu groß mit vier Metern, jetzt schon.

Das Weihnachtsgeld ist im Heizungskeller gelandet, aus Versehen verfeuert sozusagen.

Zum Schluß den Eischnee von drei Eiern und einen Becher geschlagene Sahne unterheben. Kühl stellen.

Die Lebkuchenherzen am Hexenhaus in der Märchenoper »Hänsel und Gretel« sind echt. Nach der Vorstellung essen wir sie auf.

»Abends will ich schlafen gehn, vierzehn Engel um mich stehn. Zwei zu meinen Häupten, zwei zu meinen Füßen … zweie, die zum Himmel weisen …«

Ruhe finde ich nur auf der Bühne, unerreichbar, allein.

Der Flug von Turin nach Saarbrücken.

Schneesturm am 24. 12. in Saarbrücken.

Die Maschine setzt zur Landung an. Dreimal. Papa und Mama warten. Der Pilot wagt es nicht noch mal.

Wir fliegen zurück. Tränen in Turin.

Weiße Trüffel statt Muff.

Morgen ist Premiere.

Und es bleibt der Traum von Harmonie an Weihnachten.

Michael Prinz von Sachsen-Weimar und Eisenach

Tierische Weihnachten

Längst vergangen scheint die Zeit, in der meine Schwestern und ich mit großer Spannung auf das Läuten des Weihnachtsglöckchens warteten, um in das Weihnachtszimmer, das schon Tage vor dem Fest für uns verschlossen war, neugierig einzutreten. Die Weihnachtsgeschichte, der Tannenbaum (damals mit viel Lametta, heute à la mode nur mit roten Kerzen, Kugeln und Äpfeln geschmückt) und die liebevoll aufgebauten Krippenfiguren sind geblieben. Auch die Lieder – heute allerdings weniger melodisch, da damals stimmliche Insuffizienzen durch die instrumentale Begleitung (wir spielten jeder mindestens ein Instrument) überlagert wurden.

Geblieben ist auch die Erinnerung an überwältigende Glücksgefühle, die sich in der Kindheit mit Weihnachten verbanden. Unvergessen sind auch die kleinen Katastrophen, die sich immer wieder einstellten. Nicht die umgestürzten Weihnachtsbäume und die kleinen Zimmerbrände waren es, sondern die ersten Haustiere, um die sich diese kleinen Katastrophen rankten. Zunächst waren es Turteltauben, die, kaum unter dem Weihnachtsbaum in einem Käfig entdeckt, sofort von uns dreien diesem entnommen wurden, um sie in Puppenkleidern mit dem Puppenwagen durch das Haus zu kutschieren. Unser Vater war entnervt. Endlich befreit, flatterten die Tauben zunächst in den mit brennenden Kerzen geschmückten Weihnachtsbaum, der sich daraufhin langsam zur Seite neigte (in letzter Sekunde vom Vater aufgefangen), um anschließend das Haus zu erkunden. Die Spuren, die sie bis zum nächsten Morgen »legten«, waren beeindruckend. Es wurden chaotische Feiertage, deren Höhepunkt der buchstäbliche Rausschmiß der Tauben durch den gepeinigten Vater bildete. Sechs tränenüberströmte Kinderaugen zwangen ihn, die Leiter zu holen und in halsbrecherischer Höhe die Tauben von einer Tanne zu locken, während unsere Mutter diese Aktion mit (mehr schlecht als recht imitierten) Balzlauten unterstützte.

Wie viele Kinder wünschte ich mir von ganzem Herzen einen Hamster. Mein Glück war vollkommen, als ich (es waren einige Jahre seit dem Tauben-Weihnachten vergangen) nach andachtsvollem Lauschen der Weihnachtsgeschichte und (zugegebenermaßen) ungeduldigem Liedersingen ein Hamsterpärchen im Käfig unter einem Abdecktuch auf dem Gabentisch entdeckte. Spät am Abend, mit Nachdruck in Richtung Bett gewiesen, verabschiedete ich mich nur zögerlich von meinen neuen Spielgefährten. Dabei war mir entgangen, daß meine jüngere Schwester zum Fest der Liebe eine streunende Katze, die an unserer Küchentür erbärmlich maunzte, heimlich aus Mitleid ins Haus gelassen hatte. Ich wartete ungeduldig auf den Morgen, um das unterbrochene Spiel mit meinen Hamstern fortsetzen zu können. Leise schlich ich in das Weihnachtszimmer. Zunächst glaubte ich an einen Streich meiner jüngeren Schwester, als ich den Hamsterkäfig mit offener Käfigtür leer vorfand. Unsanft geweckt und zur Rede gestellt, versicherte sie mir jedoch glaubhaft ihre Unschuld. Nun entdeckte ich die fremde Katze – Alarm war angesagt. Eine gründliche Hausdurchsuchung offenbarte die Katastrophe: Nebeneinander aufgereiht lagen beide Hamster regungslos hinter dem Dielenschrank. Maßlose Wut packte mich: Die Katze flog in hohem Bogen fauchend und kratzend aus dem Haus – Nächstenliebe hin, Nächstenliebe her.

Etwas ganz Besonderes war die Vorweihnachtszeit zu Hause. Taschengeld gab es damals nicht, und so wurden Geschenke in aller Heimlichkeit und mit großer Kreativität gebastelt. Es wurde (laub)gesägt, Schachteln wurden beklebt und bemalt, kleine Tiere und Kochlöffel wurden geschnitzt, Topflappen gehäkelt. Begleitet wurde dies durch den Duft von frisch gebackenen Keksen und köstlichem Dresdner Stollen. Es wurde mit den Musikinstrumenten geübt (das Kreischen der Geige meiner Schwester werde ich mein Leben lang nicht vergessen), vorgelesen, Gedichte wurden rezitiert.

All diese Erinnerungen haben mich später auf fernen Inseln im Pazifik oder in Japan, wo ich beruflich einige Jahre tätig war und wohin mich meine Frau begleitete, in der Weihnachtszeit immer wieder wehmütig gestimmt.

Nun ist es an uns, unserer inzwischen nicht mehr so kleinen Tochter etwas von der Weihnachtsstimmung unserer Kindheit weiterzugeben. Dieses Jahr wird es den ersten Weihnachtsbaum aus dem eigenen Wald geben, dem Wald unserer Vorväter, den ich durch eine glückliche Fügung des Schicksals nach 51 Jahren wieder zurückerwerben konnte. Vielleicht gelingt es uns, wieder mehr Ruhe und Beschaulichkeit in die Vorweihnachtszeit zu legen. So reizvoll eine Reise in der dunklen Jahreszeit an warme, azurblaue Küsten auch sein kann, Weihnachten zu Hause ist und bleibt etwas ganz Besonderes.

Sigo Lorfeo

Die nasenlose Maria

»Da ist ein Pappkarton im Keller, der ist voll mit altem Zeug von dir. Schau mal nach, was du davon behalten willst, bevor ich alles wegschmeiße.« Das war in den letzten 25 Jahren der Standardsatz meines Vaters am dritten oder vierten Tag nach meiner Ankunft gewesen. Ich hatte regelmäßig versichert, seiner Bitte zu entsprechen, hatte das aber nie in die Tat umgesetzt. Ihm hatte anscheinend meine Absicht genügt.

Nun sah ich den Karton in der Ecke neben dem Weinfaß und meinte, daß die Zeit endlich gekommen sei, seinen Inhalt zu sortieren. So begann eine Reise in meine Vergangenheit. Da waren die Bücher meiner Jugend: Captain Nemo, Old Shatterhand und Sandokan, meine Freunde in vielen einsamen Abenteuern. Meine alten Comic-Hefte erinnerten mich an die Listen und Tücken, die ich erfinden mußte, damit meine Mutter sie nicht zu sehen bekam. Sie war strikt gegen diese gezeichneten Erzählungen, die aus Amerika zu uns geschwappt waren.

Ich hatte auch eine beachtliche, zum Teil selbstgefertigte Kreiselsammlung. Einer davon hatte mir eine Tracht Prügel eingebracht, als mein Vater feststellte, daß ich den Stiel seiner Hacke gekürzt hatte, um einen Kreisel zu fertigen. Später sorgte diese Anekdote, wenn wir Gäste zum Essen hatten, immer für gute

Laune. Ich habe aber nie darüber lachen können; die Schläge sitzen immer noch.

Eingepackt in Zeitungspapier fand ich auch eine Tonfigur. Es war eine betende Maria. Hier und dort waren Kratzer zu sehen. Die gefalteten Hände hatten keine Finger mehr. Den Kopf hatte ich am Hals wieder angeklebt. Und sie hatte keine Nase. Meine Mutter nannte sie die »nasenlose Maria«. Ich hatte sie aus Grottaglie mitgebracht, als ich nach fünf Jahren zu meinen Eltern zurückkehrte.

Tante Lina und Onkel Edoardo waren sehr wohlhabend. Sie besaßen keine Kinder und hatten den Wunsch geäußert, mich zu adoptieren. Eine gängige Praxis damals: Der Name war der gleiche, alles blieb in der Familie. Man half einander. Meine Eltern, mit zwei weiteren Jungs gesegnet, der vierte war unterwegs, hatten eingewilligt. Sie dachten, ich würde es dort besser haben. Anders hatte ich's allemal. Tante Lina und Onkel Edoardo waren sehr oft aus Grottaglie zu uns nach Torchiarolo gekommen. Sie hatten mir jedesmal etwas mitgebracht und waren sehr lieb zu mir gewesen. Offensichtlich mochten sie mich lieber als meinen Bruder Daniele oder den kleinen Patrizio, der von allen gestreichelt wurde. Ich bekam alles, was ich wollte; oder fast alles. Als Tante Lina mich fragte, ob ich mit ihnen in ihrem neuen Seicento nach Grottaglie fahren wollte, willigte ich sofort ein.

»Aber wenn du mitgehst, bringe ich dich nicht zurück nach Torchiarolo. Dann bleibst du ganz bei uns in Grottaglie. Willst du das?« hatte mein Onkel gefragt.

Nach einem kurzen Zögern sagte ich entschlossen: »Ja!«

Mein Vater hatte wahrscheinlich nicht damit gerechnet. Ich spürte seine Aufregung. Ob ich das wirklich wolle, fragte er. Nach einem kurzen Seitenblick nickte ich und betrachtete den Staudensellerie und die Brotkrümel auf dem Tisch.

»Schau mir in die Augen«, befahl mein Vater.

Ich gehorchte und sah in seine warmen braungrünen Augen.

»Wenn du weggehen willst, darfst du das. Aber Onkel Edoardo wird dich nicht wieder herbringen. Und ich werde dich nicht abholen kommen. Du mußt immer bei Tante Lina und Onkel Edoardo bleiben.«

Tante Lina half nach: »Na ja. Wir kommen hin und wieder mal zu Besuch hierher.«

Mein Vater zog mein Kinn zu sich heran. »Ja, zu Besuch«, sagte er leise. »Aber dies hier wird nie mehr dein Haus sein.«

Meine Mutter hielt Patrizio auf dem Arm und hatte ein gequältes Lächeln im Gesicht. Wir hatten tags zuvor einen Riesenstreit gehabt. Sie hatte mir verboten, zu Italia zu gehen, einer benachbarten Hirtin, die ich liebevoll Tante Italia nannte. Tante Italia nahm mich hin und wieder zu ihren Schafen mit und gab mir von dem selbstgemachten Frischkäse und dem Ricotta. Ich mochte sie, und sie mochte mich. Aber meine Mutter hatte beschlossen, daß ich auf gar keinen Fall ein Hirte werden sollte. Ich wollte es nicht wahrhaben, daß ich nicht mehr mit Tante Italia mitgehen durfte, und war von meiner Mutter zum erstenmal richtig verhauen worden. Ich war sauer auf sie und auf alles andere auch!

»Willst du das wirklich?« fragte mein Vater nochmals.

Ich sah ihn an und sagte: »Ja!«

»Du kommst nicht wieder und weinst nicht. Versprichst du das?«

»Ja.«

»Gut, dann geh!«

Ich war damals fünf Jahre und acht Monate alt, als ich zum erstenmal emigrierte. Denn Grottaglie war für mich – obwohl nur 40 Kilometer entfernt – wie München für einen Hamburger. Nicht nur die Stadt sah anders aus als Torchiarolo, die Menschen benahmen sich anders, ja ihre Sprache war eine andere. Ich konnte sie kaum verstehen. Tante Lina und Onkel Edoardo waren sehr lieb zu mir. Sie hatten ein gutgehendes Geschäft auf der Piazza Vecchia, zehn Schritte von der Kathedrale entfernt, neben der Burg des Fürsten Pignatelli. Meine neuen »Eltern« gingen behutsam und geschickt mit mir um. Immer wurde etwas unternommen, so daß ich am Abend müde und zufrieden ins Bett sank. Hin und wieder dachte ich daran, wie schön es wäre, mit meinem Vater ans Meer zu gehen. Aber dann sah ich seine Augen vor mir und dachte an mein Versprechen. Heimweh, ja, das hatte ich manchmal. Doch dann wurde ich in die Privatschule der Carmeliterinnen aufgenommen. Meine Neugierde war stärker. Außerdem saß ich neben Tiziana, einem Mulatten-Engelchen, das von allen geliebt wurde. Sie war meine erste Liebe außerhalb der Familie. Ich fühlte mich wie Lancelot – der vom Film –, und sie war meine Königin, meine schwarze Königin.

Meine Freunde fand ich aber auf der Piazza. Da war als erster Rocco, der Lehrjunge des Barbiers von nebenan. Dann lernte ich Vito kennen, einen rothaarigen, drahtigen Jungen, der vor kurzem mit seiner Familie aus Belgien zurückgekommen war. Ähnlich wie ich war auch er neu auf der Piazza Vecchia. Er kam fast jeden Tag mit seinem Vater ins Geschäft und blieb lange dort. Während sich sein Vater mit Onkel Edoardo unterhielt, haben wir die Gegend um die Piazza erkundet. Dabei lernten wir Napoleone kennen, den wir »One« nannten, weil der ganze Name zu lang war. Er hieß tatsächlich Bonaparte, wie ich später auf dem Schaufenster seines Vaters, des Fotografen, las.

Vor allem mit Vito und One erkundete ich einen immer größer werdenden Radius um die Piazza. Dabei lernte ich die ersten Ateliers kennen, in denen ein oder mehrere Männer auf eine Vase, einen Teller, einen Kelch oder sonst irgendein Gefäß aus Ton griechische Krieger, Vestalinnen oder Blumen malten. Grottaglie war und ist eine einzige Tontöpferei. Am Ortseingang steht: GROTTAGLIE – città della ceramica, Stadt der Keramik. Die akribische Arbeit der Maler, wenn sie eine Schale mit einem Blättergeflecht ornamentierten, faszinierte mich sehr. Dann kamen wir ein wenig weiter außerhalb zu den Werkstätten. Die Atmosphäre hier war etwas düster und dreckiger. Doch zu sehen, wie die Töpfer aus einem Haufen Ton eine schöne, gleichmäßige Form schufen, war verblüffend. Es sah so leicht aus, die Leute sprachen sogar miteinander, während sie arbeiteten, aber es war ziemlich schwer. Ich durfte es bei Piero, einem Cousin von mir, einmal ausprobieren. Unweit der Werkstätten waren die Öfen, in denen das Material gebrannt wurde. Dort war es überhaupt nicht schön, aber dafür im Winter warm.

Doch, die Zeit in Grottaglie war auch eine schöne Zeit gewesen. Vieles schoß mir durch den Kopf, nachdem ich die nasenlose Maria ausgepackt hatte. Seit dreißig Jahren war ich nicht mehr dort gewesen. Ob ich mich noch zurechtfinden würde? War es Sehnsucht, was ich spürte? Spontan entschloß ich mich, dorthin zu fahren.

Es war gar kein Problem. Die Stadt hatte sich nur nach Norden hin auf den Hügel ausgedehnt. Dort hätte ich es schwergehabt, mich zurechtzufinden. Aber ich kam von Süden, und das war mein Grottaglie. Mit den engen Sackgassen, den Gängen mit den Treppen unter den Bögen, den mit hellem Granit gepflasterten schmalen Straßen, durch die gerade ein Auto fahren konnte, den hohen Balkonen und den kleinen Hauseingängen vor der Treppe zur Wohnung im oberen Stockwerk. Die typische normannische Stadt, karg und hell. Die einzigen Pflanzen weit und breit waren jene in den zahlreichen Blumentöpfen auf den Fensterbänken: Pfefferminze, Basilikum, Geranien.

Nun stand ich auf der Piazza und sah mich um. Die tiefstehende Abendsonne warf die langen Schatten der Häuser auf die Kathedrale. Die Fassade war verwittert, die Rundbögen des Hauptportals zerfressen. Die Tür stand noch offen. Beim Eintreten stellte ich fest, daß die Steinlöwen vor dem Portal ihre Köpfe eingebüßt hatten. Der glatte Rücken des Löwen fühlte sich noch warm an. An sonnigen Wintertagen hatte ich als Kind gerne darauf gesessen und mir manch phantastisches Abenteuer als »Fulvio, der Löwenreiter« ausgedacht. In der Kirche war es kühler. Ein letzter Sonnenstrahl fiel durch die Rosette auf die Kanzel. Drei Frauen saßen auf den Bänken des Hauptschiffs. Ich kniete nieder, bekreuzigte mich und schritt im rechten Seitenschiff zum Hauptaltar. Hier wurde ich zur ersten Kommunion geführt. Hier hatte ich zum erstenmal in einer gesungenen lateinischen Messe gedient.

»Introibo ad altare Deeeeiiii«, sang der Priester.

Ohne zu verstehen, antworteten wir und alle, die es konnten: »Ad Deum qui laetificat juventutem nooostraaaaa.«

Aber was sollte man da auch verstehen? War das nicht ein Mysterium?

Meistens trug ich die Schale mit Wein und Wasser. Viel lieber hätte ich den Weihrauchkessel gehalten, der hin- und hergeschwungen werden mußte, damit die Kohle weiterhin brennen konnte. Ich liebte den Weihrauchduft. Einmal hatte ich sogar an einer Weihrauch-Pastille geknabbert, die ich aber sofort wieder ausspuckte. Es schmeckte keineswegs, wie es roch. Einfach scheußlich! Rechts vom Altar führte eine kleine Tür in die Sakristei. Von da ging es zum Glokkenturm. In diesem Raum hatte ich viel Zeit verbracht. Es gab dort einige Dame-Spiele und vor allem einen Kicker. Gerade wollte ich hineingehen, als eine alte Frau aus der Tür kam. Sie schaute mich kurz an, und da sie mich nicht erkannte, sagte sie mit entschlossener Stimme, sie wolle das Portal schließen.

»Darf ich mal kurz in die Sakristei?« bettelte ich. In ihrem Blick lag eine Frage, und ich fügte schnell hinzu: »Seit über dreißig Jahren bin ich nicht mehr dringewesen.«

»Dann können Sie auch morgen wiederkommen«, sagte sie und ging an mir vorbei, als wollte sie mir den Weg zeigen.

Nostalgie ist nicht jedermanns Sache, dachte ich, warf kurz einen Blick in den ersten Raum und folgte ihr dann. Draußen umarmte mich eine warme Brise.

Mit dem Rücken zur Kathedrale ließ ich den Blick über die ovale, abschüssige Piazza schweifen. Die meisten Geschäfte waren nicht mehr die, die ich in Erinnerung hatte. Es gab weder den Barbier noch den Zeitungskiosk, noch den Schuster oder den Fotografen. Aber die Bar Italia und die Bar Impero standen sich noch immer gegenüber. Während die Bar Italia nur eine grüne geschlossene Tür zeigte, standen vor der Bar Impero einige Tische. Männer saßen dort. Sie schlürften eine kalte Limonade und unterhielten sich über die Tour de France. Als ich an ihnen vorbeiging, um mir ein Panino und ein Bier zu bestellen, verstummten sie wie die Zikaden, wenn sie Fremdes wahrnehmen, um nach einer Weile, während ich mich in der Bar umschaute, mit ihrem Streit fortzufahren. An der Wand neben der Kasse hingen gerahmte alte Fotos der Piazza. Ich schaute sie mir an, auf der Suche nach Bekanntem. Tatsächlich konnte ich ein Foto finden, auf dem das Geschäft meines Onkels zu sehen war. Es mußte im Winter gemacht worden sein. Im Sommer hatte mein Onkel immer ein paar Stühle draußen stehen, für zwischendurch, wenn nichts zu tun war.

Der Barmann hatte meine Bestellung fertiggemacht. Ich nahm das Brot und das Bier und ging nach draußen. Links neben dem Ausgang standen ein Tisch und zwei Stühle. Ein Stuhl war frei. Auf dem anderen saß ein Mann, der mich unverwandt ansah.

»Buona sera. Darf ich mich dazusetzen?« fragte ich.

»Ja, natürlich. Buona sera«, erwiderte er eilig.

Ich nahm Platz, stellte das Bier ab und biß hungrig in mein Brot. Es dauerte nicht lange, und der Mann sprach mich an: »Entschuldigen Sie, heißen Sie nicht Fulvio?«

Ich konnte zunächst nichts sagen und schaute ihn mir genauer an. Er mochte vielleicht fünfzig Jahre alt sein, war recht kräftig gebaut, hatte eine Halbglatze und trug eine dicke schwarze Brille auf der Nase. Er konnte meinem überraschten Gesicht entnehmen, daß er richtig lag.

»Erkennst du mich denn nicht mehr?« sagte er und lächelte mich an.

Auf seinen Wangen erschienen zwei Grübchen, seine Lippen wurden breiter. Trotz der vielen Falten glaubte ich ihn zu erkennen. »Rocco?« fragte ich. So ein Zufall!

Die Freude war auf beiden Seiten riesig. Er wollte alles wissen, was ich bis jetzt erlebt hatte; ob ich verheiratet war, Kinder hatte und wie mein beruflicher Werdegang gewesen war. Ich wollte das gleiche von ihm wissen und von allen anderen, die ich kannte. Als ich ihm sagte, daß ein Augenblick der Nostalgie mich hierhergeführt hatte, schlug er mir einen Spaziergang vor. Ich willigte gerne ein. So gingen wir durch die Straßen in Richtung Nordstadt und erzählten uns gegenseitig unsere Biografie. Als wir an einer Ecke nach rechts abbiegen wollten, hielt Rocco mich am Arm fest und blieb stehen.

»Weißt du noch, was hier, genau hier an dieser Stelle, geschehen ist?« fragte er mich.

Ich konnte mich beim besten Willen nicht daran erinnern.

»Ich werde es nie vergessen«, sagte er und begann mit der Geschichte:

»Es war kurz vor Weihnachten. Als ich von der Schule nach Hause kam, fand ich meinen Vater vor. Er war seit Monaten in Turin und arbeitete dort als Mechaniker in einer Werkstatt. Er wollte ursprünglich bis zum nächsten Sommer dort bleiben. Eigentlich war ich ganz froh gewesen, daß er weit weg war. Er stritt immer mit meiner Mutter, und wenn er wütend war, schlug er sie. Hin und wieder drosch er auch auf uns Kinder ein. Ich könnte sagen, daß ich bis dahin meinen Vater nur schweigend oder schreiend erlebt hatte. Aber an dem Tag war er gut gelaunt. Er umarmte mich ganz fest und küßte mich so oft, daß es mir fast peinlich war. Er hatte uns allen Geschenke mitgebracht. Meine Mutter schien vor Freude zu weinen.

›Da staunst du, was?‹ sagte er. ›Aber ich habe mir gedacht: Wenn ich nicht da bin, wird mein Rocco keine Krippe haben. Da kann kein Jesuskind kommen. Das geht nicht, habe ich mir gesagt. Ich habe den ersten Zug genommen, und nun bin ich hier. Freust du dich?‹

Natürlich freute ich mich. Nach dem Essen sollte ich zu Maestro Gigi gehen, um ihm zu sagen, daß ich an diesem Abend nicht in den Barbiersalon kommen könnte. Der Barbier war gar nicht begeistert, auf seinen Lehrjungen verzichten zu müssen, aber er gab mir dennoch frei.

Mein Vater hatte schon mit dem Bau der Krippe begonnen, als ich zurückkam: Er hatte ein Holzgestell in eine Ecke gebaut und war dabei, Packpapier darüberzuziehen. So entstanden mit Hilfe von Farben und Mehl die Berge, Höhlen und Weiden. Als wir die Tonfiguren aus einer Kiste auspackten, stellten wir fest, daß wir zu wenige hatten. Vor allem fehlte uns eine Maria. Mein Vater gab mir Geld. Ich sollte eine Maria kaufen gehen und ein paar Hirten, Schafe, Kamele. Ich kaufte einige kleine Figuren und eine große Maria. Ich hielt sie in der Hand und bewunderte ihre blauen

Augen, während ich hier entlang nach Hause ging. Sie war wirklich schön. Doch als ich an dieser Stelle angekommen war, kam ein Mann um die Ecke gelaufen und rempelte mich an, so daß ich gegen die Mauer fiel. Vor Schreck ließ ich die Madonna fallen. Ich versuchte, sie mit dem Fuß aufzufangen, aber sie fiel trotzdem hin, und der Kopf brach ab. Der Fuß tat weh, aber ich weinte vor allem, weil ich die Reaktion meines Vaters fürchtete. Gerade jetzt! Er war so fröhlich gewesen. Er würde sicherlich wütend werden. Bestimmt würde er mich anschreien und sagen, daß ich zu nichts tauge. Er würde mich verprügeln. Ich hielt den Kopf mit den schönen blauen Augen in der Hand und weinte bittere Tränen.

›Heilige Mutter Gottes‹, sagte ich, ›was soll ich nur machen?‹

Plötzlich standest du vor mir, mit einer größeren Maria in der Hand.

›Ciao, Rocco, warum weinst du?‹ fragtest du mich, und kaum hatte ich dir erzählt, was mich quälte, hattest du schon die Hand ausgestreckt und sagtest: ›Nimm diese hier.‹

Das war wie ein Wunder. Du hast mir einfach das schönste Weihnachtsfest meines Lebens geschenkt. Ich gab dir meine kaputte Madonna und bat dich, sie zu reparieren und zu behalten. Sie würde dir Glück bringen. Weißt du das noch?«

Ja, jetzt konnte ich mich auch daran erinnern. Aber in *meiner* Erinnerung war alles anders abgelaufen. Um davon zu erzählen, muß ich ein wenig ausholen:

Ich war seinerzeit noch nicht sechs Jahre alt, als ich eingeschult wurde, und somit der Jüngste in der Klasse. Hinzu kam, daß schon zwei Monate seit dem ersten Schultag vergangen waren. Die Nonnen hatten mich trotzdem aufgenommen, aber nur, weil Tante Lina ihnen versicherte, daß ich jeden Tag Nachhilfeunterricht bekommen würde, und außerdem dem Kloster eine Spende zukommen ließ. So mußte ich täglich zu Laura gehen, der Tochter von Tante Chiara. Sie war seit kurzem Lehrerin und arbeitslos. Sie hatte aber genug zu tun, denn außer mir hatte sie auch andere Nachhilfeschüler, und wenn die weg waren (sie kamen und gingen früher als ich), half sie ihrer Mutter. Tante Chiara machte Tonfiguren. Sie hatte viele halbierte Schablonen, die sie mit Ton füllte. Vorder- und Hinterhälfte wurden zusammengeklebt und ein paar Stunden stehengelassen. Dann wurden die Schablonen entfernt, und die Figur war schon fast fertig. Die Klebstellen an den Seiten mußten nur noch glattgekratzt werden. Anschließend wurden die Figuren in den Brennofen gesteckt, und schließlich, sobald sie wieder kalt waren, konnten sie bemalt werden. Die ganze Wohnung war voll mit kleinen und größeren Tieren, Menschen und Engeln aller Art. Ich hatte eigentlich mehr Interesse an dieser Arbeit als an meinen Hausaufgaben. Und da Laura gar keine Autorität ausübte, war immer Tante Chiara diejenige, die mich disziplinierte. Später wurde ich geködert: Wenn ich brav auf Laura hörte, dürfte ich auch bei den Tonarbeiten mithelfen. Möglicherweise hat Tante Chiara mich sehr geliebt, wenn es wahr ist, daß Menschen, die sich lieben, oft miteinander streiten. Wir haben immer sehr viel gestritten.

An dem Tag hatte ich einen besonders heftigen Streit mit Tante Chiara gehabt. Ich weiß nicht mehr, warum, aber ich hatte die Augen voller Tränen und eine mörderische Wut im Bauch. Am liebsten hätte ich alle im Raum befindlichen Statuetten zerdeppert. Ich ging zur Tür und drehte mich um. Sowohl Tante Chiara als auch Laura standen mit dem Rücken zu mir. Ich nahm eine betende Maria und hob sie drohend in die Höhe. Sollte ich sie auf die anderen Tonfiguren werfen? Oder auf Tante Chiaras Rücken? Der Mut verließ mich, bevor ein Entschluß gefaßt war. Leise ging ich aus der Wohnung, stieg die Treppe hinab zur Straße und ließ die Haustür hinter mir zuschnappen. Nun stand ich da mit der Maria als Wurfgeschoß in der Hand. Nach einem Blick zum Fenster hinauf dachte ich, es sei besser, meinen Racheakt anderswo auszuführen. Wenn ich die Statuette gegen die Haustür geworfen hätte, wäre Tante Chiara sofort zum Fenster geeilt und hätte mich unweigerlich gesehen. Ihre Arbeit zu demolieren war mir Genugtuung genug. Um weitere Repressalien zu vermeiden, wollte ich es aber unbeobachtet ausführen. So ging ich die Gasse hinunter in Richtung Piazza Vecchia.

Als ich um eine Ecke kam, sah ich Rocco an der Wand hocken, weinend, den Kopf zwischen die Knie gesenkt. Ich blieb erst eine Weile stehen, bevor ich ihn fragte, was passiert sei. Als er mir berichtete, daß er Angst habe, mit einer kaputten Maria nach Hause zu gehen, dachte ich kurz nach. Dann gab ich ihm meine Maria. Ich konnte ja die seine statt meiner zerdeppern.

»Wenn du sie reparierst, wird sie dir bestimmt Glück bringen«, sagte er. Er gab mir den Kopf und den geköpften Rumpf, hob seine Figuren auf und ging nach Hause. Ich betrachtete den lädierten Kopf: Die Nase war ab, und an dem blauen Kopftuch über der Stirn war ein Stück abgesplittert. Aber die Augen waren groß und blau. Wunderschöne Augen, wie zwei kleine Seen.

Meine Wut war inzwischen ganz verflogen. Auf dem Weg nach Hause kam ich bei Piero vorbei, der gab mir Klebstoff, und ich klebte den Kopf an den Körper an.

»Und?« fragte Rocco. »Hat sie dir Glück gebracht?«

»Ja«, sagte ich, »ich glaube, sie hat mir tatsächlich Glück gebracht.«

Roccos Lippen wurden breiter, auf seinen Wangen erschienen zwei Grübchen, und um die Augen hinter seiner Brille wurden etliche Lachfalten sichtbar.

Walter Riester

Ein klassischer Fall von Schwarzarbeit

Es begab sich aber in jenem Jahr, da Mutter Beimer das erste Mal auch bei uns zu sehen war. Mein kleiner Sohn war damals fünf Jahre alt und glaubte noch an den Weihnachtsmann. Ich wollte ihn zu Weihnachten überraschen. Der Weihnachtsmann leibhaftig sollte ihm die Geschenke bringen. Da nun aber alle Leih-Nikoläuse bereits Überstunden flogen, entschloß ich mich, diese geringfügige Beschäftigung selbst auszuüben. Inkognito, ohne Lohnsteuerkarte, versteht sich.

Ein klassischer Fall von Schwarzarbeit, ohne rot zu werden – abgesehen vom Mantel. Aber Rot stand mir gut. Ich hatte zwar keine reine Weste, dafür einen weißen Bart. Der Bart war aus Watte und angeklebt, unecht eben wie alles andere an mir: die falschen Augenbrauen, die Perücke, die Filz-Zipfelmütze, der zweckentfremdete Kartoffelsack, die Plastik-Rute und die Glocke, die ich sonst eigentlich für die Sitzungen bei der IG Metall brauchte, um den Wortschwall der Kolleginnen und Kollegen zu zügeln. Echt waren nur die Stiefel, die bis dahin aber auch nie die Füße eines Weihnachtsmannes, sondern nur die eines Gewerkschaftsfunktionärs beim Wandern geziert hatten.

So wollte ich vor Riester junior treten. Natürlich fiel das Schlafzimmer als Umkleidekabine aus. Denn es mußte ja geheim bleiben; die nächste Generation sollte nichts merken. Damit die Illusion vom real existierenden Weihnachtsmann perfekt würde, zog ich mich bei den Nachbarn um. Nachbarschaftshilfe ist wichtig.

Es kam, wie es kommen mußte. Auf dem Weg zurück zu meiner Haustür kam ich durch das Kostüm ganz schön ins Schwitzen. Die heiße Atemluft verfing sich im Wattebart. Nach ein paar Schritten schon war die Brille beschlagen. Da ich alle Hände voll hatte, konnte ich die Brille nicht absetzen und verlor den Durchblick. In der Einfahrt stolperte ich über den prall gefüllten Kartoffelsack. Dadurch schepperte die Glocke, und die Geschenke ergossen sich auf den Boden. Das schlimmste aber war: Der Bart war ab. Angelockt von dem himmlischen Geläut, kam mein Sohn herausgelaufen und rief: »Mensch, Papa, was machst du denn da?« Und meine Frau stand in der Tür und schüttelte nur den Kopf: »Mein Gott, Walter.«

Und die Moral von der (Weihnachts-)Geschicht? Im nachhinein kommt mir diese Episode wie ein politisches Lehrstück vor. Wer zuviel heiße Luft verbläst, der verliert leicht den Durchblick. Wer zu viele Geschenke machen will, der kommt schnell ins Stolpern. Man sollte sich nicht überladen, sondern immer eine freie Hand behalten. Und wer sich verkleidet, kann nicht ganz echt sein. Am wichtigsten aber ist diese Erkenntnis: Wir dürfen den nachfolgenden Generationen nichts vormachen.

Ulla Schmidt

Eine schöne Bescherung

In meinem Haus herrscht große Freud:
Heut jährt sich Weihnachten erneut.
Die Freunde sind längst eingeladen,
und in der Luft ziehn Bratenschwaden.

Die Päckchen, sorgsam aufgereiht,
sind für die Kinder längst bereit,
nun fehlt nur noch der Weihnachtsbaum,
und fertig ist mein Festtagstraum.

Unter Kratzern und viel Mühen
gelingt's mir, ihn ins Haus zu ziehen.
Die Katz' sieht zu vom Fensterbrett –
und findet Weihnachten sehr nett.

Erst kippt der Stamm arg auf die Seite,
erschlägt mich fast um Haaresbreite.
Dann endlich bleibt er grade stehn,
ich kann die Kugeln holen gehn.

Wie ich so such im Nebenraum,
hör ich Geräusche von dem Baum,
und in den Armen Christbaumbollen,
seh ich die Katz' im Baume tollen.

Mit Macht beherrsch ich meine Wut
und schimpf die Katze »Tunichtgut«,
ich fisch sie aus dem Tannengrün
und laß sie ihres Weges ziehn.

Und statt dem Tier noch nachzugrollen,
behäng die Zweige ich mit Bollen.
Die roten liebe ich von Herzen,
sie passen gut zu Weihnachtskerzen.

Doch während ich die Tanne schmücke,
beäugt die Katze mich mit Tücke.
Sie hat den Kopf leicht im Genick
und wahrt vom Schrank den Überblick.

Der Putz ist fertig und perfekt,
doch mein Verdacht ist schon geweckt:
Denn erstens bin als Frau ich schlau
und kenne auch die Katz' genau.

Um zu vermeiden Katzenjammer,
hol ich herbei rasch Schnur und Hammer.
So will das Kunstwerk ich verstärken –
die Katze kann's von mir aus merken.

Jetzt nur noch eine halbe Stunde,
dann trifft sie ein, die Gästerunde!
Schnell hol den Hocker ich mir her,
den Haken rein – das ist nicht schwer.

Schon ist der Nagel in der Wand,
jetzt fehlt nur noch das Halteband.
Ein letztes Mal will ich mich bücken,
da spür die Miez ich auf dem Rücken.

Mit einem Satz springt sie mich an,
so daß ich mich nicht halten kann:
Kopfüber rauschen wir zu zweit
in des Baumes Festtagskleid.

Ich spür es stechen, hör es klingen,
muß laut um meine Fassung ringen.
Jetzt will ich streng die Katze tadeln,
doch kleb ich voller Tannennadeln!

Nun reißt mir schließlich die Geduld:
Die Katze ist an allem schuld!
Doch diese jagt inzwischen stolz
durch des Christbaums Unterholz.

Da geht mit einemmal die Schelle,
was mach ich jetzt nur auf die Schnelle?
Die Tür geht auf, mein Kind kommt rein …
Ich würd jetzt gern alleine sein.

Doch statt des großen Wehgeschreis
bedenkt mein kleiner Naseweis
mich mit der treffenden Belehrung:
»Das ist ja 'ne schöne Bescherung!«

Gräfin Sonja Bernadotte

Das vertauschte Magnifikat

Weihnachten ist das Fest der Familie. Auf der Mainau wird es einmal mit allen Mitarbeiterinnen und Mitarbeitern gefeiert und dann von Graf Lennart, unseren fünf Kindern und mir auf schwedische und deutsche Art und Weise. In einer schönen, für uns traditionellen Mischung aus »Christkind« und »Jultomte«, aus Julskinka, Lutfisk und Truthahn (von einem Enkelkind als »fliegender Schweinebraten« bezeichnet) genießen wir diese besinnlichen Tage im engsten Kreis.

Die große »Mainau-Weihnachts-Familie« ist mir seit meinem sechsten Lebensjahr ein liebgewordener Begriff, denn genau 1950 bekamen meine Eltern eine Anstellung bei Graf Lennart und seiner ersten Frau, Gräfin Karin. Alljährlich wurden wir, und das war in der Nachkriegszeit sehr wertvoll, mit einer deftigen Schlachtplatte verwöhnt und mit einem kleinen Geschenk bedacht. Unterbrochen wurde diese Tradition durch einen Aufenthalt im Allgäu, als meine Bronchitis im feuchtkalten Bodenseewinter chronisch zu werden drohte und der Hausarzt meinen Eltern für ihre Tochter Sonja einen halb- bis ganzjährigen Aufenthalt in der Höhenluft empfahl. Ich war damals zehn Jahre alt und sollte bei einer befreundeten Bauersfamilie untergebracht werden. Meine Eltern trennten sich für das neue Schuljahr im August 1954 nur schwer von mir und schickten mich nach Mittelberg bei Oy im Allgäu.

Dort sollte ich bis mindestens März 1955 bleiben. Also auch über Weihnachten würde ich weit weg von zu Hause sein.

Es schneite damals – so schien es mir – ununterbrochen in Mittelberg, und unbeholfen machte ich meine ersten Versuche auf Skiern. Denn eine andere Möglichkeit gab es nicht, durch die Schneemassen zur Schule zu kommen. Gott sei Dank gab es wenigstens beim »Kühehüten« nun eine Pause, denn ich hatte gräßliche Angst vor den Viechern. In der Schule wurde das Weihnachtssingen zur Christmette am Heiligabend eingeübt, und alle Mädchen sollten als Rauschgoldengel erscheinen und die Buben als Hirten.

Die Vorbereitungen, aus mir einen Rauschgoldengel werden zu lassen, waren enorm. Ein hübsches weißes Nachthemd mit Spitzenkragen wurde aus dem Fundus der Bauersfamilie hervorgezaubert, groß und lang genug, um den dicken Anorak und die kräftigen Winterstiefel zu verbergen, die dringend notwendig waren, denn die Kirche war nicht beheizt.

Die Bäuerin gab sich mit meiner Frisur unendlich viel Mühe. Begnügte sie sich normalerweise damit, mein dünnes Haar mit Hilfe von Schmalz täglich in zwei schmächtige Zöpfe zu flechten, so wurde das Haar nun richtig »aufgemotzt«. Mit Zuckerwasser angefeuchtet, wurde es in mühseliger Kleinarbeit in unzählige dünne Zöpfe geflochten. Heute würde man das Rastalocken nennen. Kurz bevor wir zur Kirche gingen, wurden die Zöpfe aufgemacht – und fertig war der Rauschgoldengel.

Meiner Würde und Heiligkeit und natürlich meiner Schönheit war ich mir durchaus bewußt, und sicher habe ich auch engelsgleich gesungen. Es war unglaublich feierlich in der kleinen Dorfkirche, obwohl sich in unseren Gesang so manch scheppernde Stimme der Bäuerinnen und so mancher Baß der Bauern mischte.

Der festliche Auszug in die Sakristei nahm allerdings eine jähe Wendung zum Profanen, als der letzte Hirte die Tür zur Sakristei passiert hatte, denn irgendeiner vermißte sein Magnifikat, das offensichtlich vertauscht worden war. Im Handumdrehen war die schönste Schlägerei im Gange. Vergessen hatte ich meine Würde, meine Heiligkeit und meine Schönheit, denn hier ging es um die Gerechtigkeit. Im Nu hatte ich mich also zum himmlischen Racheengel entwickelt, und es wurde tüchtig zugelangt. Zum Glück hat das wertvolle weiße Hemd mit Spitzenkragen überlebt.

Der Pfarrer machte dem handgreiflichen Schlußakkord der Christmette ein rasches Ende, indem er die Buben-Hirten einzeln am Kragen nahm und hinausschob und uns Mädchen ins Gewissen redete, daß Damen sich so nicht zu benehmen hätten. Inzwischen war auch das Magnifikat wiederaufgetaucht, und wir konnten beruhigt nach Hause gehen und uns mehr oder weniger glücklich in den ersten Weihnachtsfeiertag hineinschlafen. Ich hatte einfach Heimweh und dachte an meine Lieben zu Hause am Bodensee.

Rudolf Scharping

Zimtsterne

Meine Lieblingskekse sind Zimtsterne. Seit ich die ersten Zimtsterne des Familienrezeptes gegessen habe, freue ich mich schon allein beim Geruch von Zimt jedes Jahr wieder auf das Gebäck.

Diese Kekse kann ich zwar nicht selbst zubereiten, aber ich verlasse mich fest darauf, daß jemand aus meiner Familie mich Jahr für Jahr damit versorgt.

Leider kann ich Ihnen das Original-Familienrezept nicht verraten, da es zu den bestgehüteten Geheimnissen gehört. Aber das folgende Rezept mit den klassischen Zutaten möge auch bei Ihnen für ca. 40 Zimtsterne ausreichen:

400 g	geriebene Mandeln
3	Eiweiß
300 g	Zucker
1 TL	Zitronensaft
1 EL	Zimt
1 Prise	Nelkenpulver und Piment

geriebene Schale einer halben unbehandelten Zitrone

Eiweiß steif schlagen, Zucker zurieseln lassen. 10 Minuten weiterschlagen, dann Zitronensaft unterrühren. 4 EL für die Glasur in eine Schale geben, mit Folie bedecken, kühl stellen. Mandeln, Gewürze und Zitronenschale zu der Schaummasse geben, unterheben. Arbeitsfläche mit Zucker bestreuen, Teig 4 mm dick ausrollen. Sterne ausstechen und auf das mit Backpapier ausgelegte Backblech setzen. Mit Glasur bestreichen, bei 180° ca. 12 Min. backen.

Rita Süssmuth

Ein Fest der gemeinsamen Freude

Weihnachten – das ist eine Zeit des Verheißungsvollen, in der das Festliche die gewohnten Alltags- und Arbeitsabläufe unterbricht. Es sind herausgehobene Tage, an denen man sich mehr Zeit als sonst für das Gemeinsame nimmt – im Gottesdienst, in der Gemeinde, in der Familie. Trotz der alljährlichen Wiederholung und den damit verbundenen Gewohnheiten ist es nach wie vor wahr, daß jedes Weihnachtsfest immer wieder etwas Neues ist. Es ermöglicht uns den Raum zum Innehalten gegenüber der sonstigen Hast und Hektik, den wir für neue Orientierungen brauchen. Weihnachten bedeutet, Wege zur Besinnung wie zum Besinnlichen zu öffnen. Es führt aber auch zum fröhlichen Feiern im gemeinschaftlichen Miteinander, im Gespräch, im Spielen, im Verzehren des Festtagsschmauses. Zeigt sich dabei nicht jedesmal, was sich alles seit den letzten Feiertagen verändert hat, bei den Mitgliedern der Familie, in den verschiedenen Lebenskreisen, in der Gesellschaft?

Zugleich ist Weihnachten eine Mahnung an uns, sich nicht vollständig von den Dingen um uns herum gefangennehmen zu lassen. Es ist eine Zeit, in der verhärtete Herzen sich erweichen lassen, in der nicht der eigene Konsum, sondern das Geschenk an die anderen im Vordergrund steht. Es geht um die gemeinsame Freude. Sie findet ihren Ursprung in dem Weihnachtsgeheimnis: Gott kommt zu den Menschen. Es ist die »frohe Botschaft«, die besagt, daß Gott jetzt selbst mitten unter uns ist, an uns teilnimmt, sich uns schenkt. Die Geburt des Jesuskindes, das ist der Neuanfang aus Liebe zu den Menschen. Überall ist eine Freude zu spüren, die sich allen mitteilt, Christen wie Nichtchristen. Es ist wie das Licht, das mit seinen Strahlen die Dunkelheit überwindet. Deswegen ist die Weihnachtszeit auch eine Zeit neuer Hoffnung. Es wird erzählt, daß ein Bibelübersetzer in Afrika große Schwierigkeiten hatte, das Wort »Hoffnung« in seine Sprache zu übersetzen, da es diesen Begriff so nicht gab. Nach langem Hin und Her schrieb er schließlich für »Hoffnung«: hinter den Horizont schauen. Das ist es, was Weihnachten ermöglicht: Durch das Neue haben wir eine Zukunft, die weiter reicht als der Sorgenhorizont unseres Alltags. Wir brauchen nicht zu resignieren angesichts der eigenen Schwierigkeiten und Probleme, sondern können neuen Mut schöpfen, Vertrauen erwerben, Gelassenheit gewinnen. Weil das so ist, kann Weihnachten auch immer wieder ein großes Fest werden, ein Erlebnis der Freude, der Gemeinschaft. All das, was man an diesen Tagen macht, bekommt einen besonderen Glanz. Und das ging uns schon als Kindern so.

Ich erinnere mich noch an die Zeit, als ich klein war, eine Zeit nach dem Krieg, als noch kein solcher Wohlstand wie heute herrschte, sondern die Bewältigung des Alltags viel Kraft und Mühen erforderte. Nach der Vorfreude durch die Adventszeit war das Weihnachtsfest für uns alle ein großes, lange erwartetes Ereignis. Ich wohnte auf dem Lande, und das hieß: Morgens um fünf Uhr ging es los zum katholischen Weihnachtsgottesdienst, mitten durch die Dunkelheit; die klirrende Kälte färbte die Wangen rot. Die Ortskirche war mehrere Kilometer entfernt, und von überall konnte man die Menschen aus ihren Bauernhäusern zu der Kirche strömen sehen – es war fast wie eine Wallfahrt. Und dann stand man vor der Kirchentür – aus dem Dunkel des Weges kam man nun in die Helle des Lichtes. Alles war festlich geschmückt. Das Außerordentliche, das Feierliche war in den Liedern, den Gebeten, der Predigt zu spüren. Nach der Frühmesse ging es dann zur Dorfschmiede. Alle saßen auf der langen Bank. Das feierliche Schweigen löste sich nach und nach in ausgelassenes Lachen auf, in Zurufe und Reden. Die Spannung stieg, denn nun kam die Bescherung, die bei uns morgens vorgenommen wurde, nicht wie anderswo am Heiligabend. Über vieles an den einfachen, aber von Herzen kommenden Geschenken konnte man sich immer wieder freuen. Und dann gab es den ersten Weihnachtskaffee, dazu das extra für Weihnachten gebackene »Berliner Brot« und »Spritzgebäck«. Beides duftete so herrlich, daß mir beim bloßen Denken daran die Gerüche in die Nase steigen. Vor allem das Gebäck schmeckte so gut, daß wir es noch heute zu Weihnachten nach den alten Rezepten herstellen (siehe unten). Es war ein Fest für die Augen wie für den Gaumen. Diese Stunden der Gelöstheit hatten etwas Befreiendes, das offen machte für die kommenden Dinge der nachweihnachtlichen Zeit.

Die Stimmung des Verheißungsvollen und der Erfüllung, die Freude, das Helle und Festliche, das ist etwas, was mich nie wieder losgelassen hat. Die Erinnerung an diese frohe Botschaft von Weihnachten, die sich im festlichen Gottesdienst wie im gemeinschaftlichen Miteinander in der Dorfschmiede zeigte, gibt mir Kraft und Hoffnung bis heute.

Berliner Brot

375 g	Farinzucker
1	Ei
30 g	Kakao
1	Prise Zimt
1	Prise Nelkenpfeffer
1/8 l	Milch oder Wasser
375 g	Mehl
3/4	Backpulver
50–100 g	Nußkerne oder Mandeln

Aus den Zutaten einen Rührteig herstellen und mit angefeuchtetem Messer aufs Kuchenblech streichen, bei Mittelhitze 40 Min. backen, sofort nach dem Backen in Streifen schneiden.

Spritzgebackenes

375 g	Butter oder Margarine
250 g	Zucker
1	Ei
1	Eigelb
1	Päckchen Vanillezucker
1 TL	geriebene Zitronenschale
1/2 TL	gemahlenen Anis
	einige Tropfen Rumaroma
350 g	Mehl
125–150 g	geriebene Mandeln

Die Butter oder Margarine mit dem Zucker in eine Schüssel geben und schaumig schlagen. Das Ei und das Eigelb kräftig darunterschlagen. Den Vanillezukker, die Zitronenschale, den Anis und das Rumaroma daruntermischen. Das Mehl sieben und mit den Mandeln unter den Fett-Ei-Schaum ziehen. Den Teig in einen Spritzbeutel füllen und auf ein mit Backtrennpapier ausgelegtes Backblech Ornamente oder Häufchen spritzen. Im vorgeheizten Ofen auf der mittleren Schiene bei 200° 10 Min. backen. Das Spritzgebakkene herausnehmen und erkalten lassen. Je nach Geschmack die Enden mit Schokoladenglasur überziehen. Vollständig abtrocknen lassen und zum weiteren Verzehr bereitstellen.

Hans-Dietrich Genscher

Erinnerungen an Halle

Mit Halle, der Stadt, in der ich geboren und aufgewachsen bin, verbindet mich vieles. So auch die Erinnerung an Weihnachten, wenn auch die besondere Stimmung zu dieser Zeit nicht immer mit dem Datum auf dem Kalender zusammenfiel.

Es gelang mir selbst während des Krieges, mit Ausnahme des Jahres 1943, Weihnachten zu Hause zu verbringen. Wie verschieden waren doch unsere Gefühle zu Weihnachten 1944 und 1945. 1944 gab es Ungewißheit über die Zukunft, aber auch Hoffnung, den Krieg und die absehbare Kriegsgefangenschaft zu überstehen; 1945 war ich wieder zu Hause, meine Mutter traf ich im Juli in der unzerstört gebliebenen Wohnung an. Im August überstand sie eine schwere Operation, und Weihnachten begingen wir dankbar dafür, daß ich zu den ersten gehört hatte, die gesund aus dem Kriege zurückgekehrt waren. Ich bereitete mich auf die Ergänzungsreifeprüfung und das juristische Studium vor. Trotz aller Widrigkeiten dieses schlimmen Winters kam neue Hoffnung auf.

1952 verließ ich Halle. Das Weihnachtsfest verbrachte ich im Hause eines verheirateten Freundes in Bremen. Meine Gedanken gingen zu meiner Mutter nach Halle. Die folgenden Jahre verlebten wir Weihnachten dann wieder zusammen, nun in Bremen. Aber auch an diesen Festtagen waren meine Gedanken immer in meiner Heimatstadt. In der Stadt, in der ich aufgewachsen bin, die mir so viel gegeben hat und der ich so viel verdanke.

Anfang der siebziger Jahre wurde es mir dann wieder möglich, in die damalige DDR und nach Halle zu reisen. Meine Frau und ich besuchten in der Weihnachtszeit, und zwar immer am Wochenende vor Weihnachten, meinen Vetter, der mit seiner Familie in der Nähe von Halle lebt. Aber der Besuch galt auch Halle selbst. Wie oft waren wir am Sonntag vor Weihnachten in der Marktkirche und nahmen an dem Gottesdienst teil. Ich fühlte mich vereint mit den Besuchern des Gottesdienstes. Manche winkten uns verstohlen zu, andere sprachen uns an. Wir spürten, daß unser Besuch für die Menschen wichtig war, und manche drückten es auch aus: »Wie gut, daß Sie kommen.« So wurde für uns dieser Besuch am Wochenende vor Weihnachten zu einem Teil des Weihnachtsfestes, und für mich war es jedesmal eine Rückkehr nach Hause. Die Erinnerungen an die Weihnachtszeit und die Weihnachtsabende meiner Kindheit mit meinen Eltern, solange mein Vater noch lebte, und seit 1937 mit meiner Mutter allein wurden wieder wach.

Ganz anders war es 1989. Nach den aufwühlenden und erregenden Tagen im November fuhren wir auch diesmal vor Weihnachten nach Halle. Wieder kamen wir in die Marktkirche. Dieses Mal war sie bis auf den letzten Platz gefüllt. Viele Menschen standen. Es war vorgesehen, daß ich nach dem Gottesdienst zu den Besuchern in der Kirche sprechen sollte. Selten empfand ich in einem Gottesdienst so viel Dankbarkeit. Dankbarkeit dafür, erleben zu dürfen, worauf ich so lange gehofft und wofür ich immer gearbeitet hatte: Die deutsche Teilung und mit ihr die Teilung Europas in zwei Blöcke war überwunden. Nun konnte ich zum ersten Mal zu den Bürgerinnen und Bürgern meiner Heimatstadt sprechen. Es war keine Weihnachtsansprache. Und doch war in dieser Kirche eine Stimmung voller Friedfertigkeit, eine Stimmung des Aufeinanderzugehens und des Einandertreffens, des Miteinander- und des Füreinanderdaseins. Es war eine Feierlichkeit, die nicht dem Kalender folgte, sondern den Empfindungen all derjenigen, die sich in der Kirche versammelt hatten. Ich konnte aus vollem Herzen sagen: Ich bin zu Hause. Ich erinnere, daß ich mit meinen Eltern als Kind in dieser Kirche gewesen bin.

Es war eine Weihnachtsstimmung an diesem Sonntag vor Weihnachten, wie sie wohl nur in einer solchen Zeit aufkommen kann. Für mich jedenfalls war es das schönste Geschenk. Ich wünschte mir, daß dieses Gefühl des Miteinanders bleiben möge, aber ich verschwieg nicht, daß uns ein schwerer Weg bevorstehen würde. Weihnachten 1989, ich war wieder ganz in Halle, wenn auch nicht am Weihnachtsabend. Als der Weihnachtsabend kam und meine Frau und ich – wie in jedem Jahr – in der kleinen Kirche in Wachtberg-Pech bei Bonn zum Weihnachtsgottesdienst waren, gingen meine Gedanken immer wieder zurück zu dieser Stunde am Sonntag davor in Halle in der Marktkirche.

Guido Knopp

Weihnachten in Stalingrad

Aus den Radios schallte das Glockengeläut heimatlicher Dome – vertraute Klänge, die den Männern in den Unterständen und Erdbunkern an der Front schmerzhaft bewußt machten, wie unendlich fern der Heimat sie waren. Der Großdeutsche Rundfunk verbreitete Weihnachtsidylle, doch der Heilige Abend war für die Soldaten in Stalingrad ein Tag bitterer Trostlosigkeit. An diesem 24. Dezember 1942 hatte die Wehrmacht auch den letzten Versuch aufgeben müssen, die eingekesselte Armee von außen zu befreien. Eine Viertelmillion Mann, von ihrer Führung aufgegeben, steckte in der Falle. Ein sinnloser Durchhaltebefehl Hitlers hatte den Kessel für sie zum Wartesaal des Todes gemacht. Für die eingeschlossenen Männer der 6. Armee war Weihnachten ein Fest der Angst, des Hungers und der eisigen Kälte: Sie wehrten sich verzweifelt gegen die Angriffe der überlegenen Sowjetarmee; aus der Luft völlig unzureichend versorgt, lebten sie vom Fleisch gefrorener Pferdekadaver; schlecht ausgerüstet waren sie den Schneestürmen der Steppe ausgesetzt. Stalingrad sollte zum eisigen Massengrab der Wehrmacht werden. Es blieb nicht das einzige, aber es war das erste.

Und doch hatten im Dezember die Eingeschlossenen die Hoffnung noch nicht ganz aufgegeben – gerade in den Weihnachtstagen, als die Gedanken bei den Lieben daheim waren, bäumten sich die Lebensgeister auf. Die Heimat war fern, und so holte man sie sich auf bescheidene Weise in die Bunker und Erdlöcher. »Mein Sanitätsbunker ist ein kleinbürgerliches Weihnachtshaus geworden. Alles blitzblank und aufgeräumt, alles gewaschen und gewienert, festliches Niveau in allem armen Dreck«, schrieb der Feldarzt Dr. Kurt Reuber am 25. Dezember 1942 an seine Frau, »vorsorglich hat man seit Wochen kleine Reserven für das Fest aufgehoben. ... Und wie geschickt und mit welcher Liebe es die Männer herrichteten. ... Fröhlichkeit für Stunden im Schein der wenigen Kerzenstummel. Aber in den Bunkerecken war es dunkel, und in jeder hatte sich die Traurigkeit der einzelnen versteckt, aber ab und zu kroch sie hervor.« Dr. Reuber war nicht nur ein sensibler Beobachter, er schuf in der Hölle von Stalingrad auch ein berühmtes Kunstwerk, das aus dem Kessel gerettet werden konnte: die Madonna von Stalingrad. Auf der Rückseite einer großen russischen Landkarte fertigte der Arzt und Theologe eine Kohlezeichnung an: Sie zeigt eine Mutter, die im weiten Mantel ihr Kind birgt. Am Heiligen Abend präsentierte er das Werk seinen Kameraden, die es andächtig und ergriffen schweigend auf sich wirken ließen. »Geborgenheit und Umschließung von Mutter und Kind. Wenn man unsere Lage bedenkt, in Dunkelheit, wo Tod und Haß umgehen – und unsere Sehnsucht nach Licht, Leben, Liebe! So werden die Worte zum Symbol einer Sehnsucht nach allem, was äußerlich so wenig da ist«, schrieb er zu seinem Werk. Kurt Reuber sah die Heimat nie wieder, er starb in Gefangenschaft. Doch die Madonna, die heute in der Gedächtniskirche in Berlin ausgestellt ist, wurde Symbol für Leid und Hoffnung der Menschen in Stalingrad.

Wie Dr. Reuber konnten Zehntausende vor ihren Kindern kein persönliches Zeugnis mehr vom Leiden im Kessel ablegen. Unzählige starben einen anonymen Tod. Doch viele der Opfer sprechen in ihren Briefen zu uns. Briefe, denen die jungen Soldaten ihr ganzes Gefühl der Verlassenheit während der Weihnachtstage anvertraut haben: »Ein Bäumchen hatten wir uns selbst gemacht. In ein Stück Besenstiel haben wir einige Löcher hineingebrannt, Steppensträucher hineingesteckt und ihn mit Watte und Silberfolie behängt«, schrieb ein Gefreiter. Ein anderer erlebte ein noch erbärmlicheres Fest: »Kein Lichterbaum erfreute uns, unsere Lichter waren die Leuchtkugeln unserer Vorposten in der öden, trostlosen Steppe vor der so heiß umkämpften Stadt«, schrieb ein Unteroffizier. Ähnlich ging es einem Gefreiten: »Wir hatten dieses Jahr ein trauriges Weihnachtsfest, ohne Post, ohne Tannenbaum, ohne Kerzen. ... Ich liege mit einem im Bunker zusammen, der ist 22 Jahre alt. Der Junge hat Heiligabend geweint wie ein kleines Kind.« Neben den seelischen Belastungen bestimmten existentielle Ängste das Dasein: »Hunger, Hunger, Hunger und dann Läuse und Schmutz. Tag und Nacht werden wir von Fliegern angegriffen, und das Artilleriefeuer schweigt fast nie. Wenn nicht in absehbarer Zeit ein Wunder geschieht, gehe ich hier zugrunde«, klagt ein Soldat, während ein anderer seine Angehörigen schont: »Ich will Dir meine augenblickliche Lage nicht schildern, Du würdest weinen.« Stimmen aus der Verlassenheit, die noch heute bewegen. Oft waren es die letzten Lebenszeichen nach Hause. Es war stets ungewiß, ob Eltern oder Frauen diese Briefe je erhalten würden.

Weihnachten in Stalingrad war ein trostloses Fest. Doch das Radio verbreitete eine Sendung, die über das Leid hinwegtäuschen sollte: die »Weihnachtssendung des Großdeutschen Rundfunks«. Sie vermittelte Grüße vom Nordkap bis nach Afrika, von der Atlantikküste bis zur Wolga – über Tausende von Kilometern von den verschiedenen Kriegsschauplätzen in die Heimat. »Ich rufe Stalingrad«, klang dann die beschwörende Stimme des Sprechers in alle Wohnstuben und Bunker, und in Stalingrad meldeten sich Soldaten, um Grüße nach Hause durchzugeben. Es waren hoffnungsvolle Meldungen, die von der nationalsozialistischen Propaganda für ihre Durchhaltekampagne mißbraucht wurden. Auf die Soldaten im Kessel aber hatten die Grüße, die Lieder und das weihnachtliche Glockengeläut eine niederschmetternde Wirkung: »Es wurde sehr früh dunkel, ich versuchte, die Weihnachtsgeschichte vorzutragen, und sprach schließlich das Vaterunser. Kurz darauf erklang aus dem Lautsprecher die Weihnachtsbotschaft des Soldatensenders aus Deutschland. Als Stalingrad gerufen wurde, begannen wir zu frösteln. Als dann ›Stille Nacht, heilige Nacht‹ erklang, rollten unsere Tränen. Von da an sprach niemand mehr ein Wort – vielleicht eine Stunde lang«, berichtet ein Überlebender, ein damals zwanzigjähriger Panzerleutnant.

An anderen Stellen des Kessels ging es weniger besinnlich zu: »Weihnachten ist bei uns ausgefallen, da war nichts. Der Russe, der hat geschossen wie verrückt, und an Weihnachten war nicht zu denken«, erinnert sich ein Überlebender der Schlacht, und einer seiner Kameraden schrieb: »Draußen heulte der eisig kalte Schneesturm. Das Gewehr unterm Arm, das Gesicht im Mantel verborgen, so hab ich dagestanden mit dem Gedanken bei Euch in der Heimat.«

Die Gedanken der Heimat waren in jenen Tagen bei den Männern, die in der »Hölle an der Wolga« aushielten. Denn das große Sterben in Stalingrad spielte sich vor den Augen der Weltöffentlichkeit ab – der deutschen Propaganda gelang es nicht wirklich, das tragische Geschehen zu verschleiern. Und die Tragödie nahm ihren Lauf, während die Menschen in der Heimat sich auf das Weihnachtsfest vorbereiteten. Als sie dann den Heiligen Abend begingen, war das Schicksal von Zehntausenden schon fast besiegelt – und die Soldaten im Kessel, aber auch ihre Lieben daheim ahnten es. Das Fest der Liebe wurde im Krieg zum Fest der Sorge, der Trauer, der letzten Grüße. Wohl kaum ein anderes Ereignis der Kriegsgeschichte hat sich so traumatisch in das Bewußtsein der Deutschen eingeprägt wie die von Hitler herbeigeführte Katastrophe an der Wolga. Stalingrad – in keiner anderen Schlacht des Krieges verloren so viele Mütter ihre Söhne, so viele Frauen ihre Männer, so viele Kinder ihre Väter. Heiligabend 1942 – kein anderes Weihnachtsfest könnte deutlicher machen, welch sinnloses Leid der Krieg in die Herzen der Menschen trägt.

Horst Kordes

Tausche Bild gegen Weihnachtsbaum

1. Rast

Da inzwischen einige Jahre ins Land gegangen sind und die Zeit der Ankunft naht, mache ich Rast. Ich nutze die Gelegenheit, die Erinnerung ein Stück zurückwandern zu lassen. Und obwohl vieles in der Zwischenzeit geschehen ist, ist es mir, als stecke ich mittendrin in diesem Erinnerungsflecken, der sich vor meinem inneren Auge in größerer Deutlichkeit ausbreitet, je mehr ich in ihn eindringe. Und da es mir möglich ist, in der Erinnerung zu jedem beliebigen Punkt zu springen, offenbart sich mir vom heutigen Standpunkt aus erst jetzt, was mir geschehen ist. Etwas Wunderbares.

Mag der eine oder andere geneigte Leser auch der Meinung sein, es sei ein sentimentaler, erfundener Kitsch, so sage ich: Es ist wahr – wahr, wie meine Bilder wahr, wahrhaftig, Wahrheit sind. Und es war ein Geschenk, was mir vor Jahren widerfuhr.

2. Nichts

Es hing mit dem Umzug von Düsseldorf nach Hommersum an der niederländischen Grenze zusammen. Eine Halle, die ich bereits als eine Art überdimensionales Atelier nutzte, fand sich ihrer eigentlichen Bestimmung zugeführt: Sie wurde Lagerhalle der Familie Kordes. In ihr konnten wir all unser Hab und Gut einlagern, das wir aus akutem Geldmangel sonst nirgends unterbringen konnten. So wie der Teufel die Haufen der Reichen ohne ihr Zutun immer noch größer und höher macht, macht er die Täler derer, die nicht viel oder nichts haben, immer noch tiefer.

Es war Frühjahr, als ich eines Morgens zu meiner Arbeit, zum Malen ging, die Halle aufschloß und – nichts mehr fand. Man hatte uns bei einem nächtlichen Diebeszug geraubt, was wir besaßen: Das Allerlebensnotwendigste war weg, Fotos von den Kindern, persönliche Urkunden, alle Bilder und Ausstellungspapiere und auch der gesamte Weihnachtsschmuck.

Das Nichts trägt seinen eigenen Namen.

Dem guten Herzen eines alten Familienmitglieds war es zu verdanken, daß wenigstens unser Sohn ein festes Heim bekam. Dem Künstler wurde dies verwehrt – weil er Künstler ist. Also blieb dem Rest der Familie nur das Leben im VW-Bus, so lange, bis wir in unser neues, aber leeres Heim einziehen konnten. Um wenigstens einigermaßen über die Runden zu kommen, verkaufte ich einige Bilder, die ich in der Zwischenzeit gemalt hatte, und mehr schlecht als recht zusammengebastelte Holzplatten mit Preßspanbrettchen. Mit dem Geld erstanden wir das Lebensnotwendigste, stellten Stück für Stück eine Wohnungseinrichtung zusammen, und ich konnte mir endlich Material zum Malen besorgen. An einen Tannenbaum und Weihnachtsschmuck verschwendeten wir keinen Gedanken. Für unseren Geldbeutel zählte Weihnachten im Moment zur Kategorie Luxus, und der Begriff »Luxus« war ihm fremd. Es kam uns vor, als versuchte das Leben, uns im Wettlauf herauszufordern, um zu sehen, wer auf der Strecke blieb.

Während dieser rabenschwarzen Zeit habe ich seltsamerweise keine traurigen Bilder gemalt. In meinem Leben und Schaffen habe ich immer Freude und Fröhlichkeit in meinen Bildern ausgedrückt. Das bläst das Alltagsgrau aus unseren Seelen, macht die Herzen weit und läßt die Menschen optimistisch in die Zukunft schauen. Und: Ein fröhlich-frohes Bild zu verkaufen bringt auch doppelte Freude in mein Herz.

So entstand in dieser Phase tiefster Trauer als Teil einer Bilderreihe eben *dieses eine Bild*.

3. Alles

Je näher das Ende des Jahres kam, desto weniger ließ sich der Gedanke an Tannenbaum und Weihnachtsschmuck beiseite drängen, denn das Weihnachtsfest war meiner Familie und mir immer besonders wichtig. Ich hätte auf vieles verzichten können, aber nicht auf ein Weihnachtsfest mit meiner Familie.

Der einzige, der sich in bezug auf den »Luxus« Weihnachten nicht umstimmen ließ, war der Geldbeutel. Wenn ich ihn öffnete, grinste er mich mit seinem schwarzen Loch an, als wollte er mir zurufen: Wo nichts ist, da kann nichts sein.

Doch ich hatte eine Vision: Ich sah am Ende unseres tiefen, traurigen Tals einen Weihnachtsbaum in vollem Schmuck glänzen. Da ich nun das Ziel kannte, war mir auch der Weg dorthin klar: Ich nehme *das Bild*, verkaufe es, und dann schenke ich meiner Familie einen Weihnachtsbaum mit Schmuck – ein Weihnachtsfest!

Am Tag vor Heiligabend nahm ich Bus und Bahn und stellte mich mit *dem Bild* auf die Düsseldorfer Kö.

Ich weiß bis heute nicht, was ich falsch gemacht habe, aber es wäre für meinen leeren Geldbeutel weitaus ergiebiger gewesen, wenn ich einen Hut vor mir aufgestellt hätte – davon konnte ich mich bei anderen Kö-Stehern und Kö-Sitzern überzeugen.

Kurzum: Ich konnte mein Bild weder an den Mann noch an die Frau bringen. Mich fror. Ein Freund, den mein Zähneklappern wohl gerührt hat, lud mich zu einem Aufwärmkaffee ein. In der Hoffnung, in dem Café einen Interessenten zu finden, plazierte ich mein Bild so, daß niemand eine Chance hatte, es zu übersehen.

Glücksengel gibt es ja nicht, aber weiblich sollen sie sein.

Irgendwann fiel mir eine junge Frau am Tresen des Cafés auf, weil sie ständig zu mir und meinem Bild herübersah. Schließlich faßte sie sich ein Herz, stand auf und kam zu mir.

»Haben Sie dieses Bild gekauft?«

»Nein. Gemalt.«

»Wie teuer?«

»Dreitausend.«

»Soviel Geld habe ich im Moment nicht.«

»Wissen Sie«, meinte ich mich erklären zu müssen, »ich möchte dieses Bild verkaufen, um meiner Familie Weihnachten schenken zu können.«

Im Gegenzug erzählte sie mir, daß sie gerade ein Geschäft eröffnet habe, in dem sie unter anderem auch künstliche Weihnachtsbäume und Schmuck verkaufe.

Dann ging alles sehr schnell. Sie lud mich in ihr Geschäft ein, und auf dem Weg dorthin schlug sie mir einen Tausch vor, auf den ich gerne einging. Für mein Bild bekam ich einen 2,50 m hohen Kunsttannenbaum, eine Christbaumspitze, 30 mundgeblasene Glaskugeln, 30 künstliche rote Äpfel, 3 extralange Rosenketten in Goldrot, 20 durchsichtige Kristallkerzen, einen Christbaumständer und eine Lichterkette. Dies alles füllte (neben dem Baum) noch sechs große, vollgepackte Einkaufstaschen.

So beladen, kehrte ich von dem Geschäft der jungen Dame wieder zum Café zurück. Nun war ich zwar mein Bild los und hatte Weihnachten in der Tasche, doch zu Hause war ich noch lange nicht.

Glücksengel gibt es ja tatsächlich nicht, aber manchmal sind sie auch männlich.

Ich lernte in eben diesem Café einen Mann kennen und kam mit ihm ins Gespräch – bis er mich mit all meinen Taschen und dem Baum in seinen sehr schönen, sehr schnellen, aber auch sehr, sehr engen Sportwagen verstaute. Er fuhr mich bis zur holländischen Grenze, von wo aus ich mich nach herzlichem Dank, mit Baum und Taschen beladen, zu Fuß über das Feld nach Hause schleppte.

Am 23. Dezember hatte ich mich auf den Weg gemacht, nach Mitternacht, also am Heiligen Abend, kam ich an. Meine Frau und meine Kinder warteten voller Sorgen auf mich, und in ihren Augen sah ich die Freude über die Rückkehr des Mannes und des Vaters. Obwohl ich vom Erlebten völlig erschöpft war und vollkommen zerkratzt vom Baumtransport – ich war zu Hause, und meine Vision war ganz nah.

In dieser morgendlich heiligen Nacht haben wir noch den Baum geschmückt.

Klaus Staeck

Ihr Kinderlein, kommet

Zugegeben, mit Weihnachten verbinden mich zwiespältige Erinnerungen. In kleinbürgerlichen Familien protestantischer Prägung besteht das Fest der Liebe in aller Regel in der Bewältigung bestimmter, recht genau festgelegter Rituale. Besonders Kinder haben in unseren Breiten- und Längengraden einen verbrieften Anspruch auf deren Einhaltung, vor allem, wenn es um den Austausch von Geschenken geht, der traditionsgemäß zu ihren Gunsten ausfällt. In meiner – bedingt durch die Kriegsjahre – vaterlosen Familie verlief das Weihnachtsgeschehen nach einem festen Zeitplan. Erstellen des Wunschzettels, ständige Inspektion des Wäscheschrankes auf der Suche nach erwarteten und unerwarteten Gaben, Beschaffung des obligaten Tannenbaums, Sperrung des Eßzimmers, schließlich die Bescherung am Heiligabend gegen siebzehn Uhr. Exakt zu diesem Zeitpunkt setzt meine ganz individuelle Weihnachtsgeschichte ein.

Um das Besondere daran zu verstehen, bedarf es einiger Vorbemerkungen. Meine Bitterfelder Kindheit wurde ganz entscheidend mitgeprägt durch den überwältigenden Einfluß meiner energiegeladenen Großmutter, deren Wirkungsbereich – bedingt durch zwei schlecht verheilte Schenkelhalsbrüche – sich leider zwangsläufig auf unsere zwar geräumige, aber als Weltreich dann doch viel zu kleine Wohnung beschränkte.

Das bereits erwähnte Eß- oder Speisezimmer wurde dominiert von einem etwas altmodisch anmutenden Klavier. Das Besondere daran: An ihm hatte schon mein Großvater gesessen, der viel zu früh, mit 36 Jahren, an den Folgen des Ersten Weltkriegs gestorbene Dorfschulmeister und Nebenberufskantor der Kleinstgemeinde Rösa.

Der Großvater, den wir drei Kinder nur aus Erzählungen kannten, muß ein überaus musischer Mann gewesen sein, jedenfalls ein des Orgel- und Klavierspielens kundiger. Irgendwann muß meiner Großmutter der Gedanke gekommen sein, daß es doch schön wäre, wenn einer der Enkel unser bis dato stummes Klavier seiner eigentlichen Bestimmung wieder zuführte. Immerhin äußerte sie mehrfach die Behauptung, sie sähe und höre leibhaftig ihren verstorbenen Mann, wenn einer der Enkel den Tasten ein paar noch so bescheidene Töne entlockte.

Als Ältester wurde zunächst ich in die Pflicht genommen und fortan zu einer überaus geduldigen Klavierlehrerin mit dem schönen Namen Annerose Megel geschickt. Sehr schnell stellte sich jedoch heraus, daß ich für das Erlernen von Tasteninstrumenten keinerlei Begabung mitbrachte. So wurden die wöchentlichen Klavierstunden zu einer Qual, die schließlich ganze vier Jahre währen sollte und am Ende wohl meine feinsinnige Lehrerin mehr strapazierte als mich, der ich über diese ungeliebte Beschäftigungstherapie meine frühkindlichen Widerstandskräfte bis ins Absurde erprobte.

Die Stunde der Wahrheit schlug am jeweiligen Heiligen Abend, denn vor der Bescherung sollten die Früchte des Fortschritts im Abspielen der allseits bekannten Weihnachtslieder zum Mitsingen demonstriert werden. In Erinnerung geblieben ist ein sich ständig wiederholendes einziges Desaster. Nur mit äußerster Mühe gelang es mir, die »Stille Nacht, heilige Nacht« und die Kinderlein, die da immer kommen sollen, einigermaßen fehlerfrei herunterzuklimpern, so daß die frommen Kehlen der Restfamilie in ihrer Weihnachtsandacht nicht allzusehr gestört wurden.

Im vierten Jahr meiner kläglichen Virtuosenlaufbahn faßte sich Annerose Megel schließlich ein Herz und bedeutete meiner Mutter, es sei doch wirklich schade um das viele schöne Geld, das da so völlig sinnlos in mich investiert würde. Eine Qual fand so ihr Ende.

Als nächster sollte Bruder Rolf die Großvater-Fata Morgana verkörpern. Durch Beteiligung am Vierhändigspielen der bereits erwähnten »Ihr Kinderlein, kommet« hatte er leichtsinnig gewisse Hoffnungen auf eine größere Begabung geweckt. Vergeblich, wie sich bald herausstellte. Bruder Rainer blieben derartige Zumutungen aus der Welt der Musik erspart. Ihm vertraute man nur die bescheidene Blockflöte an. Auf der blies er ein wenig herum und legte sie eines Tages wortlos in den Kasten, ohne daß jemand in der Familie noch jemals über diesen Akt der Verweigerung gesprochen hätte. Großvaters Klavier überlebte noch viele Jahre als nunmehr wieder stummer Zeuge der Anklage und ist inzwischen verschollen. Die über dem Klavier hängende hübsche Reproduktion von Adolph Menzels »Flötenkonzert in Sanssouci« im prächtigen vergoldeten Rahmen verlieh ihm bei aller Strenge etwas Feierliches und vermittelte eine Ahnung davon, daß Musizieren auch Freude machen kann.

Udo Stein

Die Glocke von Kitakyushu

Die folgende Weihnachtsgeschichte stammt aus meiner Zeit in Japan im Jahre 1991. Als junger Doktorand und Stipendiat des japanischen Außenministeriums ging ich für meine rechtsvergleichenden Studien an die ehemals kaiserliche Universität Kyushu in Fukuoka. In dieser traditionsreichen Stadt leben rund 1,3 Millionen Menschen. Hier beginnt der japanische Schnellzug Shinkansen seinen Weg quer durch Japan Richtung Tokio und weiter nach Sendai.

Fukuoka sollte für das kommende Jahr mein Zuhause sein. Völlig verwirrend waren für mich am Anfang überall die japanischen Schriftzeichen. Auf der Suche nach einer Straße waren sie keine Hilfe. Statt dessen stand ich rätselnd vor diesen Zeichnungen. Wollte ich ins Kino, konnte ich mich nur anhand von Bildern über den Inhalt orientieren. Beim Essen bestaunte ich, wie die Japaner, das Speiseschälchen unter das Kinn haltend, mit den Stäbchen blitzschnell die Reiskörner in den Mund beförderten. Im Laufe der Zeit eignete ich mir ähnliche Fähigkeiten an, jedoch in einem deutschen Rhythmus.

Die Zeit des Weihnachtsfestes kam, und ich sollte zum erstenmal ohne meine Familie in einem fremden Land mit einer für mich völlig fremden Kultur Weihnachten feiern. Es sollte ein beschauliches und ruhiges Weihnachtsfest werden – ganz in unserem abendländischen, christlichen Sinne.

Die Japaner vereinigen in ihrem weltoffenen Verständnis viele Religionen: Schintoismus – die Staatsreligion des Kaiserreiches wird auch heute noch praktiziert –, Zen-Buddhismus und das Christentum. Diese religiöse Vielfalt drückt sich auch in den Weihnachtsvorbereitungen der Millionenstadt Fukuoka aus. Ein ungeheuer buntes, lautes und kommerzielles Treiben beherrscht die Stadt. Diesem Trubel wollten wir entfliehen, und so meldeten wir uns mit Freunden in einem Kloster an, um in aller Stille die Geburt Jesu zu feiern. Mit unserem Auto fuhren wir kilometerweit durch Bambuswälder, überquerten Flüsse und grüne Hügel und erreichten nach circa dreieinhalb Stunden die Anhöhe des Klosters Kitakyushu. Welch eine Stille. Unter dem hohen Himmel atmeten wir tief durch. Wir bezogen den großen Schlafraum, der nur durch dünne Holzschiebewände abgeteilt war, und bereiteten uns auf das Weihnachtsmahl vor. Auf Strümpfen betraten wir den Speisesaal. Wir hockten uns an kleinen Tischen auf den Boden, die Beine in ungewohnter Stellung gekreuzt. Mönche in ihren langen orangefarbenen Gewändern servierten uns Reis, fangfrischen Fisch und Gemüse. Ein bescheidenes Mahl, das auch Jesus gefallen hätte.

Plötzlich hörten wir ein Knacken. »Was war das?« flüsterte meine Freundin. »Gibt es hier wilde Tiere?« – »Im Kloster?« gab ich zurück. Das war bestimmt ein Knistern im Kaminfeuer. Schweigend aßen wir weiter, bis die Glut im Kaminfeuer erloschen war. Wir gingen hinaus auf die Terrasse. Es war eine mondklare Nacht. Eine besondere Nacht, in der Jesus geboren wurde. Plötzlich hörten wir erneut ein Knacken. Meine Freundin flüsterte aufgeregt: »Hörst du das? Was mag das sein?« Ich versuchte, mit meinen Augen die Dunkelheit zu durchdringen, und erkannte zwischen Sträuchern und hohem Bambus eine große Glocke. Wieder ein Knacken. Ich griff nach meiner Taschenlampe. In dem Moment, als ich sie einschalten wollte, zerriß ein ohrenbetäubender Glockenschlag die Stille. Ein tiefer, sonorer Klang ließ uns erbeben. Der Klang der Glocke war so gewaltig, daß unsere Körper bis in die Zehenspitzen vibrierten. Die Glockenschläge wurden immer kräftiger und schneller. Die ganze Luft um uns herum war erfüllt vom Glockenklang. Die Bambusblätter vibrierten, die hölzerne Terrasse bebte. Von den umliegenden Hügeln hallte der dunkle Klang der Klosterglocke wider. In großer Gefühlsaufwallung nahm ich meine Freundin in den Arm und rief mit der Glocke um die Wette: »Frohe Weihnacht! Frohe Weihnacht!« Meine Freundin schmiegte sich fest an mich und flüsterte zärtlich zurück: »Das ist die schönste Weihnachtsglocke, die ich je in meinem Leben gehört habe: Frohe Weihnachten!«

Dulcie Smart

Der Schäferhund

Blöd, dachte Elizabeth. Blöd, daß Joseph und der Gastwirt und die drei Könige und die blöden Schäfer alles blöde Männer waren. Blöd, daß nicht genug Jungs mitmachen wollten. Warum waren keine Königinnen gekommen? Sie hätte so gern ein Tuch aus herrlich leichter Seide getragen, wie Matthew McMillen. Er hieß Balthasar und kam aus dem Osten. Sein Gewand war ein echter Sari, der der toten Mutter seines Freundes Lakdasa gehörte, himmelblau mit Gold, das glänzte.

Es war heiß im Vorraum der Kirche, und es roch nach Füßen. Die Schäfer mußten alle Sandalen tragen. Elizabeth war die einzige, die Birkenstocks trug. Die anderen hatten neuseeländische Plastiksandalen an. Warum mußte Weihnachten im Sommer stattfinden und nicht im Schnee mit Laternen und Misteln wie auf dem Adventskalender von ihrer Omi aus Deutschland?

Der wollige Morgenmantel war viel zu warm, und Elizabeths Wattebart kitzelte. Sie wischte sich mit der gestreiften Tischdecke, die ihre Haare bedeckte, den Schweiß von der Stirn und hoffte, daß das Krippenspiel bald anfangen würde. Daß es bald vorbei sein würde. Sie überlegte, ob deswegen Lawrence von Arabien und der zitternde Staatsführer in den Nachrichten so etwas auf dem Kopf hatten: um den Schweiß aufzufangen, wenn sie auf ihren Kamelen durch die Wüste ritten.

Normalerweise war es nicht so heiß um die Weihnachtszeit. Seit sie wieder in Neuseeland wohnte, wollte Elizabeth ihren Cousinen in Deutschland schreiben, daß sie am ersten Weihnachtstag im Freien gepicknickt und am Strand gebadet hätten. Aber im letzten Jahr war es zu stürmisch, und im vorletzten gab es eine Kältewelle. Heute würden sie und ihre Mutter es zum erstenmal wirklich machen. Dieses Jahr war *El Niño* rechtzeitig zum Fest seines Namensvetters gekommen; Nord-Auckland zerfloß in den wärmsten Temperaturen seit zweiundsechzig Jahren.

Wenn sie nur einen Sari hätte tragen können, himmelblau mit Gold, das glänzte. Lakdasa war in Elizabeths Schulklasse. Er kam aus Sri Lanka, und seine Mutter war bei einem Autounfall ums Leben gekommen; nach der Bestattung hatte er Süßigkeiten aus Sri Lanka zur Schule mitgebracht, und obwohl viele Kinder sie gar nicht probierten, hatte Elizabeth gewagt, eine zu nehmen, und sie fand, daß es das Leckerste war, was sie je gegessen hatte. Sie würde sich immer an den Geschmack erinnern. Kokos mit braunem Zucker und – was? Irgendwas, was wie Duft schmeckte, würzig und wärmend und irgendwie magisch. Elizabeth wünschte, daß Lakdasa heute dabei wäre. Obwohl sie nie wirklich mit ihm gesprochen hatte, wäre es schön, einfach in seiner Nähe zu sein. Sein Vater erlaubte ihm nicht, zur Kirche zu kommen. Seine Familie feierte nicht einmal Weihnachten, obwohl Lakdasa und seine Schwester trotzdem Geschenke bekamen, hatte Lakdasa in der Schule erzählt. »Heiden«, hatte die alte Mrs. Merryweather Elizabeths Mutter mit einer nicht sehr freundlichen Stimme zugeflüstert. Obwohl Lakdasas Vater Mrs. Merryweather erfolgreich bei ihren Rheumaschmerzen geholfen hatte. Er war Arzt. Hindu eigentlich, sagte später Elizabeths Mutter. Ein anderer Glaube, genauso gut wie unserer, nur anders.

Alles lag daran, daß sie nicht singen konnte. Deswegen durfte sie nicht mit den anderen Mädchen im Engelschor sein. Letztes Jahr hatte sie gestört, sagte der doofe Pfarrer Moss, und außerdem bräuchten sie noch einen Schäfer. Elizabeth hatte damals fast geweint, als er das sagte. In ihren Ohren klang ihre Stimme wunderbar. Aber sie hatte den Fingernagel ganz fest ins Fleisch ihres Daumens gedrückt, wie sie das immer tat, und die Tränen waren wieder in ihrer Seele verschwunden. Das hatte sie gelernt, als sie fünf Jahre alt war und sie und ihre Mutter zurück nach Neuseeland kamen. Es funktionierte wie ein Knopf. Sie drückte, und die Tränen wurden sofort in ihrer Seele eingeschlossen.

Sie hätte die Maria spielen können. Alle Mädchen wollten die Maria spielen, aber Elizabeth meinte, weil sie ein bißchen pummeliger als die anderen war, sähe ihr Bauch fast so aus, als wäre sie schwanger oder hätte gerade das Jesuskind geboren, und das wäre doch ideal für die Rolle, oder? Aber Pfarrer Moss hatte Kiri Paratene gewählt. Er sagte, die Kirche unterstütze die Maori-Kultur, und ein Maori-Mädchen als Maria zu besetzen sei daher angemessen. Laut Elizabeths Mutter war der eigentliche Grund wahrscheinlich, daß Kiri Paratenes Vater und Pfarrer Moss zusammen im Rotarier-Verein waren, und Kiris Vater hatte bestimmt etwas Druck ausgeübt. Elizabeth fragte sich, ob ihr Vater mit Pfarrer Moss zu den Rotariern gehen und Druck ausüben würde, wenn er in Neuseeland wohnte. Wahrscheinlich nicht. Es war unfair. Sie wußte, daß die Maoris vor Christi Geburt nie Bethlehem hätten erreichen können. Bethlehem war fast so weit weg vom Süd-Pazifik wie Deutschland, viel zu weit für ein Einbaumkanu.

Aber wenigstens durfte sie als Schäfer Browning bei sich haben. Browning war ein echter Schäferhund – schwarz-weiß gefleckt und kräftig. Kein großer weicher, langhaariger Angeberhund wie die Schäferhunde in Büchern. Browning war ein Arbeitshund, der auf zwei Pfiffe hin eine Schafherde zusammentreiben und durch ein Gatter bringen konnte. Er gehörte Mr. Shaw, dem Farmer, auf dessen Land Elizabeth und ihre Mutter wohnten, und heute durfte er mitspielen. Als Kiri Paratene erfuhr, daß Elizabeth Browning dabeihaben durfte, wollte sie ein Pferd mitbringen, denn Esel gab es keine in der Gegend. Aber Pfarrer Moss fand das überzogen. Wenn ein Pferd dabei wäre, warum dann nicht gleich auch eine Kuh, ein Schwein und eine Ziege? Die Kirche sei schließlich das Haus Gottes.

Elizabeth hörte die Stimme von Pfarrer Moss in der Kirche. Sie floß wie geschmolzener Teer die Apsis entlang bis in den Vorraum und schien die Münder der Schäfer und Könige, des Wirts, des heiligen Paares und des Engelschors zu verkleben. Nicht, daß Elizabeth sonst mit den anderen Kindern gesprochen hätte. Sie mochte es nicht so sehr, sprechen zu müssen. Sie hatte gar nicht beim Krippenspiel mitmachen wollen. Es war ihr zu peinlich. Aber ihre Mutter hatte gesagt, sie müsse teilnehmen, oder es gäbe drei Monate kein Taschengeld. Es sei eine gute Gelegenheit, Freunde zu gewinnen. Elizabeth brauchte ihr Taschengeld, um Bücher zu kaufen. Ohne Bücher konnte sie nicht leben.

Im leeren Holzregal gegenüber entdeckte Elizabeth ein Astloch in der Form eines Kamels. Eine Offenbarung. Normalerweise standen die Gesangbücher davor, heute waren sie alle im Einsatz – fast das ganze Dorf war zur Kirche gekommen. Außer den Jungs, die zu alt für Kirche waren, und Lakdasas Familie.

Königin Balthasarina hätte ein Kamel geritten, in ihrem himmelblauen Sari mit dem glänzenden Gold dem Kometen nach Westen folgend. Tagsüber würde sie in einem Zelt aus Teppichen schlafen, weil die Wüste nur nachts zu durchqueren war, und sie würde Datteln und geröstete Heuschrecken essen und Tee mit Kamelmilch trinken. Und in jeder Oase würde sie ein Schreiben von ihrem Vater bekommen. Per Brieftaube. Balthasarinas Vater sehnte sich nach ihr; das Briefpapier wäre mit Tränen befleckt. Und wenn sie aus Bethlehem zurückkäme, würde er das Tor seines Schlosses aufstoßen und sie in die Arme nehmen, und sie wären glücklich bis an ihr Lebensende …

Es war unfair, daß sie und ihre Mutter alleine picknicken mußten. Er hatte versprochen, dieses Jahr zu kommen. Versprochen, gebrochen. Er hat seine neue Frau und erwartete jetzt eine neue Tochter, und bald hätte er nicht das geringste Bedürfnis nach Elizabeth mehr und würde sie völlig vergessen.

Eine nasse Zunge leckte Elizabeths Hand. Browning wollte sie trösten. Browning ist mein einziger Freund auf der ganzen Welt, dachte Elizabeth. Er wird mitkommen, wenn ich die Wüste durchquere. Sie guckte sein zerknirschtes Gesicht an und mußte fast lächeln. Seine großen dunklen Augen sahen so lieb aus. Gut, daß sie vorher daran gedacht hatte, ihm ordentlich zu trinken zu geben. In dieser Hitze hätte er bestimmt großen Durst.

Die Kirche war rammelvoll. Als sie hineinmarschierten, sah Elizabeth ihre Mutter, kühl und strahlend, fast versteckt hinter Mrs. Merryweathers aufgedonnerter Frisur. Wie kann sie glücklich sein, fragte sich Elizabeth, wenn sie vor drei Jahren so unglücklich war? Wenn sie bis vor ein paar Monaten noch unglücklich war? Liebt sie meinen Vater nicht mehr? Sie hatte ihn geliebt, obwohl er sie nicht mehr liebte und einmal sogar, ohne zu wissen, daß Elizabeth zuhörte, gesagt hatte, daß er sie nie wirklich geliebt habe. Der Engelschor sang »Oh little town of Bethlehem«. Die Zuschauer schmunzelten, als Elizabeth und Browning vorbeigingen. Elizabeth wußte nicht, ob es daran lag, daß sie Browning witzig fanden, oder weil Elizabeth mit Bart so albern ausschaute. Peinlich. Sie lief mit verschlossener Miene vorbei.

Die Krippe stand vor dem Altar. Die Kinder stellten sich ringsherum auf, so wie sie es geprobt hatten. Die Schäfer mußten seitlich neben dem Weihnachtsbaum stehen. Elizabeth fand ihre Stelle, ging aber lieber noch ein bißchen weiter von den anderen Schäfern weg und flüsterte Browning zu, sich zu setzen.

In den Hügeln über Bethlehem würde es nie so einen Weihnachtsbaum gegeben haben. Eine Palme vielleicht. Aber wenn es dort Schafe gab, handelte es sich bestimmt um keine Wüste. Ein Olivenbaum? Elizabeth wußte es nicht so genau. Nur ganz bestimmt ohne bunte elektrische Lichter. Elizabeths Vater hatte einmal gesagt, daß er farbige Weihnachtsbaumlichter scheußlich fände. Die wären amerikanisch und kitschig und ein Zeichen dafür, daß Neuseeland keine richtige Kultur habe. Warum, wenn sie so eine schöne Landschaft hatten, hatten die Neuseeländer einen so grausigen Geschmack? Elizabeth stimmte voll mit ihm überein. Trotz der Tatsache, daß sie Neuseeländerin war. Sie liebte die echten Kerzen mit echten Flammen, die es an deutschen Weihnachtsbäumen gab. Sie dachte an die Zeit, als sie ganz klein war und noch in Deutschland wohnte und am Heiligen Abend zum erstenmal zum Mitternachtsgottesdienst mitgehen durfte. Sie saß auf dem Schoß ihres Vaters, und ihre Mutter saß neben ihnen. In einer Ecke der Kirche stand ein riesiger herrlicher Weihnachtsbaum mit Hunderten von echten Kerzen und Weihnachtsschmuck aus blaßgoldenem Stroh. Und Elizabeths Vater flüsterte ihr ins Ohr, daß sie ganz genau aufpassen müsse, während alle Erwachsenen ins Gebet versunken waren, falls die Strohsterne Feuer fingen und der Baum und die Kirche in Flammen aufgingen.

Browning zerrte an seiner Leine, und Elizabeth lokkerte sie etwas. Von hier aus konnte sie das Christkind in der Krippe liegen sehen – eine weiße Mädchenpuppe. Pfarrer Moss hatte von nichts eine Ahnung. Matthew McMillen, glänzend in Sari und Turban, war gerade dabei, ihr sein Weihrauch anzubieten. Die heilige Maria dankte ihm in der Maori-Sprache. Der Wirt schenkte den drei Königen Gläser mit Coca-Cola ein, und der Engelschor sang eine dreistimmige Lobeshymne mit Gitarrenbegleitung von Joseph, durch Elizabeths Stimme nicht gestört. Der Schäfer mit dem weißen Bart stand still und schweigend mit seinem treuen Schäferhund und sah allem zu. Elizabeth atmete tief ein. Der schwere, geheimnisvolle Duft des Weihrauchs erinnerte sie irgendwie an Lakdasas Lekkereien. Er tat gut.

Elizabeth überlegte, was sie zu ihrem Vater sagen würde, wenn er heute abend aus Deutschland anrief. Vielleicht gar nichts. Geschah ihm recht. Sie schloß die Augen und stellte sich ihren Vater vor. Ein großer, schlanker Mann mit rotblonden Haaren, wie ihre eigenen, und einem rotblonden Bart – haha, fast wie heute der ihre. Sie konnte sich siebzehn Gesichtsausdrücke von ihm in Erinnerung rufen. Es waren genau die Gesichtsausdrücke auf den siebzehn Fotos, die sie von ihm besaß. Auf keinem hatte er Tränen in den Augen. Sie konnte sich das gar nicht vorstellen. Sie hatte ihm ein Taschentuch mit dem aufgedruckten Bild eines echten Vulkanausbruchs zu Weihnachten geschickt. Jetzt könnte er es benutzen.

Ein Kloß saß Elizabeth im Hals, als hätte sie eine Pflaume mitsamt dem Stein verschluckt. Sie drückte ihren Fingernagel in das Fleisch ihres Daumens. Die Haut an der Stelle war hart. Bald muß ich woanders drücken, dachte sie. Eines Tages wird mein ganzer Körper hart sein, und was mache ich dann?

Und dann passierte es. Das erste, was Elizabeth merkte, war, daß die Stimmen des Himmelschors mitten im Halleluja erstarben. Josephs Gitarre verstummte auch. Elizabeth wachte aus ihren Gedanken auf. Eine eigenartige Stille herrschte in der Kirche. Alle schienen sie anzustarren. Was war los? Ein paar Engelchen kicherten hinter vorgehaltener Hand. Pfarrer Moss' Mund stand weit offen. Elizabeths Augen suchten ihre Mutter, und sie sah wie in Zeitlupe, daß ihre Mutter Mrs. Merryweather zur Seite schob und mit finsterem Blick Unverständliches zu Elizabeth herübergestikulierte.

Elizabeth wußte später nicht, ob sie es zuerst gerochen oder gehört hatte. Aber sie wußte, was los war, noch bevor sie sich umdrehte und es sah. Browning hatte ein Hinterbein gehoben und pinkelte in einer eleganten Arabeske an den Stamm des Weihnachtsbaumes.

Elizabeth war wie versteinert. Sie konnte nicht mehr atmen. In ihrem Bauch wand sich ein großer Wurm. Eiskalter Schweiß tropfte von ihren Achseln und lief ihre warme Haut hinunter. Wenn nur das Dach sich öffnen und Gott sie gen Himmel nehmen würde, wie Christus zu Himmelfahrt.

Browning war schnell fertig. Er nahm sein Bein behutsam herunter, schüttelte sich und kehrte gelassen an Elizabeths Seite zurück. Er drückte seine Nase liebevoll gegen ihr Bein und setzte sich zufrieden auf den Boden. Die Engelchen flüsterten und raschelten dabei mit ihren Alufolie-Flügeln. Die Rückseite von Mrs. Merryweathers Frisur bewegte sich vor Elizabeths Mutter auf und ab. Kiri Paratene warf Elizabeth einen mitfühlenden Blick zu – als hätte ihre Rolle als Maria ihr eine bisher unbekannte Einfühlsamkeit geschenkt. Matthew McMillen sah sie mit spöttischem Lächeln an. Was für eine Geschichte würde er Lakdasa morgen erzählen …

Pfarrer Moss hob laut und tönend zum Gebet an: »Lieber Gott, segne auch die niedrigsten Deiner Geschöpfe und vergib uns unsere Sünden«, und nickte dem Organisten zu. Der Organist begann die Hymne »All Things Bright and Beautiful« zu spielen, die passenderweise als nächstes auf dem Plan stand. Das Publikum riß sich zusammen und fing an zu singen. Nur Elizabeth nicht. Sie beschloß, sobald sie zu Hause war, sich in ihr Zimmer einzuschließen und nie wieder herauszukommen, bis sie sterben und zu Asche werden würde.

Wo die Felder aufhörten, fing der Himmel an. Das Meer hatte das Land weggefressen. Es war, als ob ein Riesenpferd ein Stück eines riesigen grünen Apfels abgebissen hätte. Das Gras hörte ohne Vorwarnung plötzlich auf, und die Klippe stürzte steil und naß und weich zum Strand hinab. Elizabeth und ihre Mutter standen am oberen Ende des engen Pfades, der sich zum Strand hinunterwand, und blickten auf die kleine Bucht. Sie sonnte sich in der Mittagshitze. Wellen stolperten übereinander wie Knaben bei dem Versuch, den glitzernden schwarzen Sand zuerst zu erreichen, während zwei faulenzende Kumuluswolken ihnen vom Himmel aus zusahen.

Elizabeth hatte kein einziges Wort gesagt, seit sie die Kirche verlassen hatte, auch nicht, als sie Browning zu seinem Herrchen zurückbrachte. Sie hatte einfach die Leine an den Pfosten des Wäscheständers gebunden, war sofort nach Hause gerannt und hatte sich aufs Bett geworfen. Aber ihre Mutter hatte ihr übers Haar gestrichen und hundertmal gesagt, daß es nicht ihre Schuld sei, daß sie es nicht so schwer nehmen solle, daß die ganze Sache schließlich nur witzig wäre und daß Elizabeth ihrem Vater heute abend am Telefon davon erzählen solle. Wie er lachen würde! Schließlich dachte Elizabeth, daß ihre Mutter schneller mit diesem Blödsinn aufhören würde, wenn sie aufstünde und mitginge.

Jetzt standen Elizabeth und ihre Mutter dort oben, und alles wurde nur noch schlimmer. Der Strand war normalerweise völlig leer. Man konnte ihn nur von der Farm aus erreichen oder mit einem Boot vom Meer, und es gab so viele andere schöne Strände, und die Wellen waren hier immer so wild. Aber neben den großen Steinen am Ende des Strandes lagen heute Badetücher, so klein wie Briefmarken, und ein Kinder-Surfbrett wie ein Eis-Löffel, und hinter einem Sonnenschirm, nur so groß wie ein Puppenschirm, sah man mindestens drei Menschen.

Der Sand war heiß. Elizabeth mußte ihre Sandalen wieder anziehen, um überhaupt darauf laufen zu können. Ihre Mutter ging ohne Überraschung direkt auf den Sonnenschirm zu. Überraschend ohne Überraschung, dachte Elizabeth, und die Wörter kreisten in ihrem Kopf, während sie langsam folgte. Überraschend ohne Überraschung. Sie wollte nicht hoffen, daß es ihr Vater war. Aber er mußte es sein. Ihr Herz taumelte in ihrer Brust. Sie wußte nicht, ob sie es wirklich wollte oder nicht. Sie wußte gar nichts mehr. Alle würden in Zukunft nur denken, daß sie das Mädchen mit dem Bart war, dessen Hund in der Kirche gepinkelt hatte.

Aber ihr Vater konnte der Mann nicht sein. Elizabeth war nun nahe genug, um zu sehen, daß der Mann klein und dunkel und auch dunkelhaarig war. Und daß zwei Kinder dabei waren. Eines ungefähr so groß wie sie und ein kleineres. Ein Junge und ein Mädchen, dachte sie. Und dann erkannte sie den Jungen. Wieso hatte sie ihn nicht schon aus der Ferne erkannt? Lakdasa. Lakdasa und sein Vater und seine kleine Schwester. Was machten sie hier? Elizabeth wußte, daß ihre

Mutter Lakdasas Vater kannte, weil sie beide Elternvertreter für ihre Schulklasse waren, aber warum hatte sie ihn zu ihrem Picknick eingeladen?

Hitze kann schön sein, dachte Elizabeth, wenn man auf einem Tuch aus Sri Lanka unter einem weißen Sonnenschirm liegt, mit der salzigen Kühle des Ozeans auf der Haut und im Haar und dem Geschmack einer Süßigkeit aus Sri Lanka auf der Zunge. Vielleicht würde sie nachher Lakdasa und seinem Vater und seiner kleinen Schwester die Geschichte von Browning in der Kirche erzählen. Vielleicht würde sie es wirklich tun. Eine Träne rollte völlig unerwartet aus Elizabeths Auge und landete in ihrem Mund. Sie schmeckte wie Meerwasser.

Günter Wewel

Die Nußknacker aus dem Sauerland

Bei meinen zahlreichen Reisen für meine Sendung »Kein schöner Land« komme ich viel in Deutschland und in den angrenzenden Ländern herum. Die erfolgreiche Sendereihe präsentiert einmal im Monat, Montag abends um 20 Uhr 15 in der ARD, vor dem Hintergrund prachtvoller Naturkulissen und regionaler Baudenkmäler traditionelles Liedgut. Begleitet von vertrauten Volksweisen und populären klassischen Melodien, erfährt der Zuschauer Wissenswertes über Geschichte, Kultur und Brauchtum der vorgestellten Städte und Landstriche.

Bei einigen dieser Reisen gastierte ich auch im Erzgebirge, unter anderem in Schneeberg und Aue.

Vor ein paar Jahren – es war im Dezember – kam nach einem anstrengenden Drehtag in Annaberg ein kleines Mädchen auf mich zu mit den Worten: »Ich möchte dir, Onkel Günter, eine kleine Freude machen«, und übergab mir eine geschnitzte Holzfigur mit Kugelaugen und einem Pfeifchen im Mund: ein Räuchermännchen aus dem Erzgebirge.

Meine Frau Gisela fand dieses Geschenk so entzükkend, daß sie laut rief: »Oh, was für ein hübscher Wichtelmann! Der braucht aber auch eine schöne Wichtelfrau!«

Am nächsten Tag machten wir uns auf die Suche, und siehe da, auf dem dortigen Weihnachtsmarkt entdeckten wir eine riesige Auswahl der wunderschönsten Holzfiguren. Schnell hatte der Wichtelmann seine Wichtelfrau gefunden.

Diese beiden Souvenirs entfachten in uns eine wahre Sammelleidenschaft. So kam es, daß wir auf fast jeder Reise in die neuen Bundesländer nach weiteren Figuren Ausschau hielten.

In Dresden entdeckten wir – mit dickem Bauch, Krone und Zepter – August den Starken, in Leipzig einen Gardeoffizier mit grüner Uniform und einem außergewöhnlichen Schnurrbart, in Oberwiesenthal einen weißen Weihnachtsmann mit Sack und großer Kapuze, in Wernesgrün einen Briefträger in schmucker blauer Uniform, mit kleinen Briefchen in seiner Postumhängetasche, in Seiffen wiederum August den Starken, diesmal in prächtiger Galauniform.

Jetzt holt meine Frau jedes Jahr zur Adventszeit diese kleine Schar der »großen Männer« aus der riesigen Weihnachtskiste hervor, und sie zieren den Sims unseres Wintergartens. Die beiden Wichtelmännchen haben mächtig Verwandtschaft bekommen, und es ist kein Ende abzusehen …

Wenn wir wieder ins weihnachtliche Erzgebirge fahren, sorgt meine Gisela sicher erneut für »Nußknackernachwuchs«, denn auch bei uns im Sauerland fühlen sich die Nußknacker wohl, da sie reichlich mit Nüssen verwöhnt werden.

Danièle Thoma

Danke nicht mir, danke der Liebe

Weihnachten war schon immer etwas Besonderes in Luxemburg. Wie besonders, mag man vielleicht verstehen, wenn man weiß, daß in dem katholischen Steuerparadies Verheiratete nur 10% Lohnsteuer zahlen, Geschiedene hingegen 60%. So besonders ist Weihnachten in Luxemburg.

Auch für die kleine Danièle Ballerin, die übrigens bis heute nicht verstehen kann, daß man Liebe anhand eines Steuersatzes bemessen kann. Liebe war für Danièle nie meßbar. Liebe war da, um einen warm zu halten und Spaß am Leben zu machen. Und schuld daran war Weihnachten, und zwar ein bestimmtes Weihnachten.

Danièle war damals fünf Jahre alt und das jüngste Kind von Roger und Emilie Ballerin, die dafür sorgten, daß dieses Weihnachtsfest für Danièle das eindrucksvollste werden sollte.

Es hatte seit Tagen geschneit. Danièle wurde von ihrem älteren Bruder Nicolas liebevoll gehänselt, weil sie die Möhre, die der Schneemann als Nase erhalten sollte, viel zu tief anbrachte. Aber das war ihr egal. Immer wieder sah sie zum Fenster, wo hoffentlich bald ihre Mutter erscheinen würde, um sie hereinzurufen.

Nacheinander würden sie in die Badewanne steigen, dann ihre besten Kleider anziehen und zur Messe gehen. Danach würden sich alle im Eßzimmer versammeln, das durch eine Schiebetür vom Wohnzimmer getrennt war. Während ihre Eltern in der Küche verschwanden, würden Danièle und Nicolas ungeduldig die Ohren an die Wohnzimmertür pressen. Dahinter stand nämlich der prächtig geschmückte Tannenbaum, und dort legte das Christkind seine Geschenke ab. Natürlich durfte man es auf keinen Fall dabei stören, sonst würde es vielleicht nie wiederkommen. Und dieses Risiko wollte verständlicherweise keines der Kinder eingehen. Aber lauschen durfte man. Auch wenn man dabei fast erstickte, weil man die Luft anhielt. Danièle war sich übrigens sicher, daß sie im vergangenen Jahr das Rascheln der Flügel gehört hatte. Nicolas hatte das natürlich abgestritten. »Das Christkind hat keine Flügel«, behauptete er damals altklug. »Aber die Engel, die es begleiten«, verteidigte sie sich und beschloß, das nächste Mal durchs Schlüsselloch zu kiebitzen. Viel Zeit würde ihr dabei aber nicht bleiben, denn sehr bald würde das helle Glöckchen ertönen, und ihre Eltern würden die Schiebetür beiseite ziehen. Der beste Vater der Welt würde dann »Petit Papa Noël« auf dem Klavier anstimmen, und alle würden einstimmen. Wenn sich nur endlich das Fenster öffnen und die Mutter nach ihnen rufen würde.

Ein Schneeball, den Nicolas nach ihr geworfen hatte, traf Danièle im Nacken und riß sie eiskalt aus ihren Träumen. Im Nu lagen beide im Schnee und rieben sich kichernd und gackernd gegenseitig damit ein. So mußte Emilie schließlich mehrmals nach ihren Kindern rufen, weil die Mund, Nase und Ohren mit Schnee vollgestopft hatten.

Während Danièle in der Badewanne saß, dachte sie darüber nach, wie es sein würde, wenn sie tatsächlich durchs Schlüsselloch einen Blick auf das Christkind erhaschen könnte. »Ob ich wohl blind werde, weil das Christkind so schön ist? – Nein, jemand, der Menschen so viel Gutes tut, kann nicht wollen, daß man bei seinem Anblick erblindet ... Aber vielleicht ist das ja der Grund, warum es nicht will, daß man ihm bei der Arbeit zusieht.«

Danièle wurde unsicher. Aber die Neugier siegte, und sie war fest entschlossen, einen Blick zu wagen. Ja, vielleicht sogar, wenn das Christkind wirklich noch im Wohnzimmer war, die Tür aufzureißen, hineinzugehen und ihm Auge in Auge gegenüberzustehen. Selbst auf die Gefahr hin, zu erblinden. Danièle wünschte sich nichts sehnlicher. Nur ein einziges Mal würde sie dem Christkind gerne die Hand schütteln, ihm die Familie vorstellen und sich für das Weihnachtsfest bedanken. Nein, lieber nicht die Hand schütteln. Nur ehrfurchtsvoll in die Augen blicken und mit zitterndem Stimmchen »Danke, liebes Christkind« murmeln. Das Christkind würde dann schon wissen, daß sie sich nicht nur für die Geschenke und das Gebäck bedanken wollte. Es würde verstehen, daß Danièle dankbar war für die Liebe, von der Roger und Emilie Ballerin so viel besaßen, daß sie ihren Kindern einen ganzen Sack voll davon schenken konnten. Dankbar für die Wärme, die man Heiligabend greifen konnte im Hause Ballerin.

Daß es nicht dazu kam, lag einzig an der blöden Messe, die immer ausgerechnet zu der Zeit angesetzt wurde, wenn das Christkind in ihr kleines Haus kam. Nicht, daß sie nicht gern zur Messe ging. Wenn am Ende alle Kerzen brannten und die ganze Gemeinde »Stille Nacht, heilige Nacht« sang, dann fühlte sich Danièle mit jedem Menschen verwandt. Am liebsten hätte sie dann alle umarmt und mit nach Hause genommen. Was natürlich nicht ging, weil alleine der Tannenbaum schon ein Drittel des Wohnzimmers einnahm. Aber trotzdem: »Wer diesen Zeitplan gemacht hat, hat wirklich keine Ahnung, worauf es Weihnachten ankommt«, murmelte Danièle vor sich hin, während ihre Mutter ihr eine Schleife ins Haar steckte. Die kannte natürlich den Wunsch ihrer Tochter. Zu Danièles Erstaunen sagte sie jedoch nichts, lächelte sie statt dessen geheimnisvoll an. Wußte ihre Mutter etwa mehr als sie? Dann waren da noch diese wissenden Blicke zwischen ihren Eltern auf dem Weg zur Kirche. Immer wieder sahen sie sich an, lächelten und küßten sich dann. Danièle war so aufgeregt, daß sie der Messe nicht folgen konnte. Nur am Ende, bei »Stille Nacht, heilige Nacht«, wollte sie wieder alle umarmen und mit nach Hause nehmen. Es blieb jedoch bei einem fast verhungerten kleinen Spatzen, den sie am Wegrand entdeckte. Schnell brachte sie ihn in das kleine Vogelhäuschen im Garten, wo er sich gleich auf den Körnerring stürzte. Dann eilte sie zu den anderen ins Eßzimmer. Nicolas stand an der Schiebetür und war schon fast blau im Gesicht. Danièle nahm all ihren Mut zusammen, verschaffte sich Platz und wollte sich zum Schlüsselloch beugen. Aber im gleichen Moment öffnete sich die Schiebetür. Keine Vorankündigung, kein Glöckchen, kein Christkind, nur ihre Eltern standen lächelnd vor ihnen. Mit gespielt trauriger Miene verriet ihnen der Vater, daß sich das Christkind wohl verspätet habe und daß sie mit großer Wahrscheinlichkeit die Geschenke persönlich entgegennehmen müßten. Damit es sich aber hereintraute, sollten sie sich heute alle ganz besonders viel Mühe mit dem Gesang geben.

Danièle wurde es vor Aufregung kalt und heiß. Endlich würde sie dem Christkind begegnen. Zitternd hielt sie Nicolas' ebenfalls feuchte Hand und begann »O du fröhliche« zu singen, obwohl Singen nicht unbedingt ihre Stärke war. Als nach den letzten Takten das Glöckchen erklang, drehte sie sich zur Tür und erstarrte vor Ehrfurcht.

Da stand es also, das Christkind. Und es war so schön, daß sich Danièle erst mal die Augen zuhielt, um nicht blind zu werden. Dann aber siegte die Neugier. Durch die Finger hindurch beobachtete sie ängstlich, wie das Christkind Nicolas die Hand schüttelte. Zu Danièles großem Erstaunen verbrannte er davon jedoch nicht. Derart ermutigt, griff sie ebenfalls zögernd nach der ihr gereichten Hand.

Noch nie im Leben hatte sie vorher etwas so Angenehmes gespürt. So zart und sanft. Danièle nahm all ihren Mut zusammen und sah nun dem Christkind tief in die sanften Augen. »Wie schön es ist«, dachte sie, »es sieht sogar meiner Tante Elise ein klein wenig ähnlich.« Danièle verehrte ihre Tante und wurde deshalb mutiger. »Danke, liebes Christkind«, hauchte sie kaum vernehmlich. »Wofür dankst du mir? Du hast doch dein Geschenk noch gar nicht bekommen«, erwiderte das Christkind, das aussah wie Tante Elise. »Danke für alles«, sprudelte es aus Danièle heraus, »für Mama, für Papa, für Nicolas, für Tante Elise und Weihnachten und die ganze Welt.«

Das Christkind, das aussah wie Tante Elise, blickte lächelnd zu den anderen und meinte dann sanft zu Danièle: »Danke nicht mir, danke der Liebe.« Ein denkwürdiger Satz.

Denn als das Christkind wieder gegangen war, ließ

es nicht nur Geschenke zurück. Danièle saß, an die Tür zum Gang gelehnt, wo sie den kühlen Luftzug genoß, der durch die Ritze ins bullig warme Wohnzimmer drang. Sie schloß die Augen, und ihr wurde bewußt, daß das Christkind es sich an diesem Abend auf einer Couch in ihrem Herzen gemütlich gemacht hatte. Und neben der Couch hatte es eine kleine Kerze angezündet, die alles um sich herum erwärmte. Danièle öffnete die Augen, strahlte ihre lächelnde Familie an und nahm sich fest vor, alles, was sie von nun an tun würde, so zu tun, daß es dem Christkind, das aussah wie Tante Elise, gefallen würde.

Natürlich war es ein harter Schlag für die kleine Danièle, als sie Jahre später erfahren mußte, daß das Christkind, das aussah wie Tante Elise, tatsächlich auch Tante Elise war. Trotzdem hatte sich an ihrem Glauben an die Liebe nichts geändert. Und das Christkind auf der Couch in ihrem Herzen erinnerte sie mit seiner kleinen Kerze jeden Tag ihres Lebens daran, der Liebe zu danken.

Klaus Kinkel

Fast ein Wunder …

Weihnachten 1948. Mein Vater war erst spät aus russischer Kriegsgefangenschaft zurückgekommen. Neunzig Pfund wog er noch; ich erinnere genau, wie er abgemagert, blaß, aber glücklich bei uns in meiner Heimatstadt Hechingen ankam, freudig von meiner Mutter und uns Kindern aufgenommen, die wir ihn ja vorher praktisch nicht gekannt hatten. Den eigenen Vater. Er nahm seine Arztpraxis als Internist wieder auf, machte Krankenbesuche; zuerst mit einem alten, zusammengeflickten Fahrrad, dann mit einem uralten BMW-Dixi, der mehr in der Werkstatt stand, als daß er fuhr. Bergab wurde der Motor abgeschaltet, um Benzin zu sparen, am Ende der Steigung wurde möglichst lange mit dem Oberkörper gewippt, um den Schwung bis zum letztmöglichen Wiederanlassen des Motors zu nutzen. – Die Lebensumstände waren karg. Immer hatte mein Vater leere Milchflaschen in einer zweiten Aktentasche neben dem Arztkoffer dabei, um bei den Bauern Milch zu ergattern. Die Milch wurde sorgfältig abgerahmt, am Wochenende wurde gebuttert.

Heiligabend 1948. Der Ablauf des Abends des 24. Dezember hat bei uns Tradition. Es gab eine feste Ordnung, die bis heute gleichgeblieben ist: Gang zum Friedhof in der beginnenden Dämmerung, Besuch der Gräber mit kleinen Christbäumchen. Gang durch die ruhige Stadt, neugieriges Schauen in die erleuchteten Fenster, wo schon die Christbaumkerzen brannten und das Christkind bereits beschert hatte. Dann die eigene Bescherung. Das Läuten der Klingel, die bis heute die gleiche geblieben ist, der erleuchtete Christbaum. Brennende Wunderkerzen. Verschämter Blick zu den Geschenken, die man erst besichtigen durfte nach dem Singen der Weihnachtslieder, dem Aufsagen von Gedichten und nach der Weihnachtsgeschichte.

Am 24. Dezember 1948 war ich zwölf Jahre alt. Als ich den Geschenktisch endlich aufsuchen durfte, war ich zunächst völlig baff, dann überglücklich: Das Christkind hatte für mich einen wirklichen Lederfußball und echte Fußballschuhe gebracht. Unvorstellbar, fast ein Wunder damals. Ich war fassungslos, beglückt – stolz. Atemlos kam ich kurz vor Mitternacht in der Sakristei der Hechinger Stiftskirche an, wo ich als Ministrant an der Mitternachtsmette teilnahm. Staunend vernahmen meine kirchlichen Mitstreiter, was mir das Christkind gebracht hatte.

Kurz: Ich war der »King«, begehrt, rundum glücklich. Wer hatte damals schon einen Fußball oder gar Fußballschuhe? Das war ein Goldschatz, unbezahlbar, unerreichbar. Sein Besitz verlieh mir im Kreise meiner Con-Ministranten einen ungeheuren Ansehenszuwachs. Statt nur die Kerze zu halten, durfte ich in dieser Weihnachtsnacht sogar das Weihrauchfaß schwingen, was sonst nur den Älteren vorbehalten war.

Wie sich später herausstellte, hatte mein Vater einen Schuhfabrikanten aus Stetten bei Hechingen als Patienten, der ihm auf vielen Umwegen und durch geschickten Tauschhandel zu dem schönsten Weihnachtsgeschenk verholfen hatte, das ich je bekam.

Weihnachten 1948 – für mich unvergeßlich. So glücklich war ich nie mehr an einem Weihnachtsabend. Die Kinderwelt richtet sich Gott sei Dank nach eigenen Gesetzen. Gut, daß wir das nie vergessen.

Justus Frantz

»Alle Menschen werden Brüder«

Es war einer dieser typischen scheußlichen Novemberabende; naßkalt und neblig. Ich kam von einem Klavierabend, als mich die Nachricht von der Öffnung der Mauer überraschte und aufwühlte – die Nachricht, daß die beiden Teile Deutschlands nunmehr zusammenwachsen sollten. Tief bewegt überlegte ich, wie ich meinen Teil dazu leisten könnte, dieses Ereignis, dieses europäisch dimensionierte, nicht nationalistische, friedliche Zusammenwachsen Deutschlands, ja auch von Ost und West, zu unterstützen. Ich war so bewegt, daß ich spontan zum Hörer griff, um Leonard Bernstein anzurufen und ihn zu fragen, ob er nicht Lust hätte, an Weihnachten in Berlin die 9. Sinfonie von Ludwig van Beethoven zu dirigieren: »Alle Menschen werden Brüder«. Nie zuvor hatte diese Sinfonie eine derartige Bedeutung! Die Idee war, mit dem Sinfonieorchester des Bayerischen Rundfunks unter Leitung von Leonard Bernstein dieses Konzert in Ost und West zu spielen, das heißt, zum einen in der Philharmonie in Westberlin, zum anderen im Schauspielhaus in Ostberlin.

Lennie ließ sich sofort von der Begeisterung anstekken und sagte spontan zu, diese Idee verwirklichen zu helfen. Doch dann begannen erst die Schwierigkeiten. Jetzt mußte man die Musiker, die schon längst ihre Weihnachtstage mit ihren Familien geplant hatten, davon überzeugen, daß sie in diesem Jahr ihr persönliches Weihnachtsfest zurückstellen sollten, um ein Symbol des Friedens zu verwirklichen. Ich erinnere mich noch ganz genau an die Orchesterversammlung, bei der ich meinen Kollegen vom Bayerischen Rundfunk sagte: »Es gibt eben Berufe wie Ärzte, Pastoren, Polizisten, die jedes Jahr auf das Weihnachtsfest verzichten müssen, und in diesem Jahr haben wir eine Verantwortung, ein Symbol des Friedens zu setzen und bei diesem historisch einmaligen, herausragenden Ereignis unsere Verantwortung zu zeigen.« Es gelang mir, an die Ehre und das Verantwortungsgefühl der Orchestermusiker zu appellieren und sie ebenfalls für dieses Ereignis zu begeistern. Es gab eine Reihe von logistischen Schwierigkeiten, die teilweise schon in alle Welt versprengten Musiker wieder zusammenzubekommen und darüber hinaus weitere Musiker aus den Ländern der Alliierten zu verpflichten, um auch in der Zusammensetzung des Orchesters diesem besonderen Ereignis der Wiedervereinigung Rechnung zu tragen. Der Enthusiasmus und die Vorfreude waren so groß, daß uns nichts mehr stoppen konnte!

Schließlich kam der große Tag, und so gaben wir am 23. Dezember ein Konzert in Westberlin, in der Philharmonie, und am 25. Dezember in Ostberlin, im Konzerthaus am Gendarmenmarkt. Beide Konzerte gehören zum Bewegendsten, was ich in meinem bisherigen Leben erfahren durfte!

Am 24. Dezember 1990 wollte ich Lennie und meinen Freund Udo Reiter, den jetzigen Intendanten des Mitteldeutschen Rundfunks, damals war er Hörfunkdirektor des Bayerischen Rundfunks, einladen, gemeinsam mit mir in der Garnisonkirche in Potsdam am Weihnachtsgottesdienst teilzunehmen. Wir fuhren also zusammen nach Potsdam und suchten die Garnisonkirche. Nachdem wir unterwegs zahlreiche Menschen nach eben diesem Gotteshaus gefragt hatten und uns kein Mensch in Potsdam sagen konnte, wo es genau zu finden sei, stellte sich heraus, daß es gar keine Garnisonkirche mehr gab: Sie war im Krieg zerstört und nicht wieder aufgebaut worden. Es blieb uns also nichts anderes übrig, als gemeinsam in unserem Hotel in Westberlin Weihnachten zu feiern.

Mir war das sehr peinlich, und ich habe mich eigentlich ziemlich blamiert, aber ich mußte feststellen, daß kaum einer meiner Freunde wußte, daß die Garnisonkirche nicht mehr existiert, und wie wenig wir doch alle Ostdeutschland kannten. Und auch die Ostdeutschen selbst wußten nicht, daß es die Garnisonkirche, die – positiv wie negativ – einen so wichtigen Platz in unserer Geschichte hat, schon lange nicht mehr gibt …

Peter Striebeck

Weihnachtsglück

»Jens, komm, es ist soweit!«

Onkel Jens stürzte zur Tür, durch die mein Vater gerade verschwunden war, und schloß sie schwungvoll von außen.

Die Bescherung war vorbei, die Kerzen waren heruntergebrannt, Dackel Liese schnarchte unter dem Baum, mein jüngerer Bruder Jochen und ich spielten mit unseren Geschenken, meine Mutter und Tante Ilse, die Freundin von Onkel Jens, saßen in der Sofaecke, rauchten und plauderten. Tante Lisbeth hatte ihre Geige weggepackt und wollte sich eben dazugesellen – da zerriß ein Knall die Idylle. Es hörte sich an wie ein Pistolenschuß. Liese raste jaulend zur Tür, in die Richtung, aus der der Knall gekommen war. Ich flüchtete mich zu meiner Mutter – Jochen spielte seelenruhig weiter.

Meine Mutter sprang auf, griff Liese mit einer Hand, mich mit der anderen und übergab uns beide der Obhut von Tante Lisbeth.

Im Nu hatte sie mit Tante Ilse den Raum verlassen.

Die lange Stille, die folgte, war ungemütlich. Tante Lisbeth hielt Liese und mich so fest, daß wir uns nicht mehr rühren konnten.

Als wir nach bangem Lauschen draußen laute Stimmen hörten, wurde ihr Klammergriff noch schmerzhafter.

Mein Vater kam herein – und strahlte. Sein Hemd hing aus der Hose, Jacke und Schlips hatte er in der Hand, die Schuhe fehlten. Meine Mutter war ihm dicht auf den Fersen, und hinter ihr wurden Onkel Jens und Tante Ilse sichtbar. Als mein Vater mich entdeckte, ließ er alles, was er in der Hand hatte, fallen, ergriff meinen freien Arm, riß mich heftig von der verdutzten Tante Lisbeth los und drückte mir einen unangenehm feuchten Schmatz auf den Mund. Dann ließ er mich stehen, eilte zu meinem Bruder, hob ihn hoch und warf ihn ein paarmal in die Luft.

Als Liese ihn an der Hose zerrte, bückte er sich zu ihr hinunter und bellte sie an, worauf sie panisch die Flucht ergriff, durch den ganzen Raum verfolgt von meinem Vater.

Meine Mutter versuchte erfolglos, ihn am Hemd festzuhalten. Mein Bruder Jochen hatte sein Spielzeug fallengelassen und beteiligte sich fröhlich an der lustigen Jagd.

Tante Ilse – huckepack auf Onkel Jens – liefen vor Lachen Tränen über die Wangen. Tante Lisbeth verzog keine Miene, sie saß wie angewurzelt auf ihrem Platz.

Ich begriff nichts. Was hatte das zu bedeuten? Erst Jahre später erfuhr ich es.

Ich war fünf. Es war das Weihnachten 1943 in unserem schönen großen Haus in Schneidemühl/Pommern. Mein Vater war dort Intendant am Landestheater. An »Peterchens Mondfahrt« – meinen ersten Theaterbesuch – kann ich mich noch dunkel erinnern. Deutlicher sind die Erinnerungen an die Inszenierungen, die zu Hause stattfanden: die Weihnachtsfeste!

Am 1. Advent ging es los: Mein Vater hatte den

Weihnachtsmann getroffen. Leider habe der ihm aber noch nicht versprechen können, daß er dieses Jahr zu uns käme. Über ein Geschenk sei auch gesprochen worden, aber davon dürfe nichts verraten werden.

Je näher der 24. kam, desto zahlreicher wurden die geheimnisvollen Begegnungen meines Vaters mit dem Weihnachtsmann. Die Hoffnung, daß er uns besuchen würde, wuchs.

Eines Morgens konnten wir nicht mehr in das Wohnzimmer. Die Tür war abgeschlossen, das Schlüsselloch von ihnen verstopft.

Dann war der 24. da. Vor Aufregung konnte ich mittags schon nichts mehr essen. Mein Vater war unsichtbar. Als er nach langer Abwesenheit plötzlich wieder auftauchte, flüsterte er uns zu: »Jetzt dauert es nicht mehr lange!«

Dann holte er seine besten Anziehsachen und verschwand mit ihnen im Badezimmer. Dort sang er Weihnachtslieder – er sang viele Weihnachtslieder! Das war die härteste Geduldsprobe für meinen Bruder und mich. Wir donnerten an die Tür, was meinen Vater jedoch in keiner Weise störte.

Als er endlich herauskam, sah er sehr feierlich aus: Er hatte seinen Stresemann (schwarze Jacke, schwarzgrau gestreifte Hose) angezogen, dazu ein weißes Hemd, Krawatte und blitzblank geputzte Schuhe. Und er duftete fremdartig. Nur seine Manschettenknöpfe fehlten (die wurden dann jedes Jahr gesucht). Wenn wir sie endlich gefunden hatten (alle mußten dabei helfen), wurde er wieder unsichtbar. Wenigstens wußten wir jetzt, wo er war – er war im Weihnachtszimmer.

In der dunklen Diele warteten wir klopfenden Herzens noch eine Ewigkeit, bis endlich das Glöckchen erklang, sich die Tür von innen öffnete und den Blick auf das von unzähligen Kerzen erleuchtete Weihnachtswunderzimmer freigab.

Die Bilder von damals haben sich tief eingegraben. Genau wie die vielen späteren Weihnachtsfeste zu Hause. Auch nach der Flucht, nach dem Verlust des schönen großen Hauses, in vergleichsweise bescheidener Umgebung, ob im Behelfsheim, einer Ein-Zimmer-Wohnung oder später in relativem Wohlstand – die Weihnachts-Inszenierungen meines Vaters blieben unverwechselbar: 46 – Bayreuth: die Briketts; 48 – Witten: der Fußball; 50 – Wuppertal: das Cello; 51 – Schleswig: der grüne Teppich.

Gelernt hatte ich schon früh: »Du bist erst in einer Wohnung richtig zu Hause, wenn du einmal in ihr Weihnachten gefeiert hast!«

Zurück zu dem Knall von 1943 in Schneidemühl. Es war Krieg, und es gab nichts – wie meine Mutter uns erzählte. Doch mein Vater hatte irgendwo eine Flasche Wodka aufgetrieben. Die wollte er am Heiligen Abend mit seinem Freund Jens trinken. Seit Monaten war sie in der Speisekammer versteckt. Davon wußten wir Kinder natürlich nichts und begriffen deswegen auch nicht, warum am 24. Dezember morgens Eisblöcke geliefert wurden. Wir hatten keinen Kühlschrank – aber wir brauchten ja auch keinen. Im Winter war die Küche sowieso immer eiskalt. Beheizt wurden nur die Wohnräume, Kohle war knapp.

Als nun mein Vater und sein Freund Jens besagte Küche betraten und die Tür zur Speisekammer öffneten, lag da unter Eis versteckt der Schatz. Sie zogen ihn ganz langsam heraus – das taten sie zu zweit, sicherheitshalber, also vierhändig. Trotzdem geschah dann das, was unter allen Umständen vermieden werden sollte: Die Flasche entglitt ihnen ... peng ... aus ... 1000 Scherben auf den Fliesen.

Der Schreck lähmte sie nur kurz. Geistesgegenwärtig entledigten sie sich ihrer Jacken, Krawatten, Schuhe, und schon waren sie auf dem Boden.

Als meine Mutter und Ilse die Szene betraten, waren alle Scherben beseitigt – und der Wodka auch. Sie hatten ihn Tropfen für Tropfen aufgeschleckt.

Später, viel später – mein Vater war schon sehr alt – dachte er plötzlich noch einmal an diese Begebenheit. Er setzte sein Schnapsglas ab (bis zuletzt gönnte er sich ab und zu ein Schlückchen), sein Blick verklärte sich, und er seufzte behaglich: »Ah, das tut gut« (das sagte er jedesmal nach einem Gläschen Schnaps), »erinnert mich an Schneidemühl, damals, als es Jens und mir in der kalten Küche so schön warm wurde!«

Barbara Knoch

Hippopotamologisches Fest

Zur Weihnachtszeit vor genau dreißig Jahren begann meine Nilpferd-Leidenschaft. Meine Mutter und ich waren aus Südamerika zurückgekehrt und dabei, uns in der Schweiz wieder eine Existenz aufzubauen. Für Weihnachtswünsche materieller Art war kein Geld vorhanden, und so beschlossen wir, einander keine Geschenke zu machen. Einem Weihnachtsbummel durch Zürichs Bahnhofstraße stand allerdings nichts im Wege. Gucken kostet ja nichts. Und was erblickte ich da im Schaufenster eines großen Kaufhauses? Lauter olivgrüne Nilpferde in allen Größen. Ich verliebte mich sofort in diese Plüschtiere.

Heiligabend kam, und wir saßen in unserem bescheidenen, aber schön geschmückten Wohnzimmer. Plötzlich stand meine Mutter auf und brachte mir ein unförmiges Päckchen. Ja aber – wir hatten doch ausgemacht: keine Geschenke … Ich packte aus, und was sah mir mit Kulleraugen entgegen? Ein etwa dreißig Zentimeter großes olivgrünes Nilpferd. Ich war so gerührt, daß ich zu weinen anfing. Meine eher nüchtern und praktisch veranlagte Mutter sagte: »Wein doch nicht, freu dich lieber.«

Diese Weihnachtsüberraschung legte den Grundstein zu einer riesigen Nilpferdsammlung. Inzwischen besitze ich rund 1600 Nilpferde aus verschiedensten Materialien und aus aller Herren Länder. Die Dickhäuter zieren sämtliche Räume meiner Drei-Zimmer-Wohnung in Zürich. Der kleinste ist 1 cm groß, ein Anhänger aus Gold mit Brillantäuglein, mein Talisman. Der größte ist anderthalb Meter hoch. Mutter strickte und strickte an dem Dickhäuter, Stunden verbrachte sie mit Ausstopfen und Zusammennähen. Wenn sie geahnt hätte, wie groß er werden würde, hätte sie wohl nie damit begonnen.

Es ist seit Jahren feste Tradition, daß ich zu Weihnachten immer wieder neue Nilpferde für meine Sammlung geschenkt bekomme, und es ist unglaublich, wie viele verschiedene Gebrauchsgegenstände als Nilpferd-Variationen es gibt: Buchstützen, Blumentöpfe, Vasen, Tassen, Teller, Messerbänkchen, Gläser, Schalen, Topflappen, Hand- und Küchentücher, Serviettenringe, Eierbecher, Salz- und Pfefferstreuer, Photorahmen, Waschlappen samt Seifen in Hippoform, ein Hippo mit Tutu, auf dem Sofa liegend, mit Perlenkette und lackierten Nägeln, oder in der Badewanne, Wallstreet Journal lesend. Selbst die Sportbranche macht keinen Halt vor dem Nilpferd – würde ich Golf spielen, hätten wohl alle meine Schläger einen Hipposchoner. Ich besitze eine umfangreiche Nilpferd-Kerzensammlung, aber es wäre pietätlos, sie anzuzünden, also sitzen die Kerzenkumpel in einer Vitrine.

Natürlich ist zu Weihnachten meine ganze Wohnung »auf Hippo getrimmt«. Ein englisches Prunkstück trägt einen Weihnachtskranz um den Hals, ein amerikanischer Hippo-Santa Claus blickt vorwitzig aus einer Sofaecke, während Hippoline das Minichristbäumchen samt Geschenkpäckchen hält. Die Krönung sind meine bemalten Holz-Hippos, die wie »Babuschkas« ineinanderpassen. Das diesjährige Nonplusultra ist ein Kerzenständer, ein weißes Keramik-Hippo mit einem braunen Frosch, der frech auf dem Rücken des Nilpferds liegt und mehr oder weniger unauffällig seinen Bauch von der Kerze bescheinen läßt.

Die zahlreichen Spardosen sind leer – kein Wunder, ich investiere natürlich in meine Sammlung. Ich bin Mitglied im Club der Nilpferdfreunde, und wehe, wenn dort das alljährliche Tauschfieber ausbricht, es herrschen dann tatsächlich akute »Hippo-Fieberschübe«. Auf jeden Fall ist es ein heiteres Hobby, das schon oft für herzliches Lachen gesorgt und manches traurige Weihnachtsfest erhellt hat.

Christiane Herzog

Weihnachtsvorbereitungen

Hindelang im Dezember 1944. Es schneite und schneite ohne Ende. Die Tage waren kurz, und wir freuten uns am Abend auf den Bratapfel, der im Rohr brutzelte, und auf die Nüsse, die wir im Herbst gesammelt hatten.

Wir, das waren meine Großmutter, meine Mutter, meine Schwester und ich. Die Großmutter hatte uns bei sich aufgenommen, damit wir den Bombennächten in München, wo wir eigentlich wohnten, entfliehen konnten. Unser Vater war seit dem ersten Kriegstag als Geistlicher der bayerischen Division im »Feld«, wie man zu sagen pflegte, und schon das dritte Jahr in Rußland. Trotz aller Sorgen, die meine Mutter und Großmutter belasteten, verbrachten wir Kinder in der Geborgenheit dieser beiden Frauen und der lieblichen Landschaft des Allgäus eine unbeschwerte, fröhliche Kindheit. Nachmittags gingen wir mit unseren Freunden zum Skifahren oder Rodeln. Die kleinen, sanften Hügel lagen ja direkt vor der Haustüre. Für Stimmung war immer gesorgt.

Wie jedes Jahr überlegten wir gemeinsam, wie wohl diesmal das Weihnachtspäckchen für unseren Vater aussehen könnte. Meine Mutter studierte seit Wochen schon das Merkblatt, das jedes Jahr, immer wieder abgewandelt – meist mit den entsprechenden Reduzierungen versehen –, rechtzeitig ins Haus flatterte. Meine Schwester und mich beschäftigte viel mehr, daß die Puppen mit dem Puppenwagen schon längst vom Christkind »abgeholt« worden waren. Wir rätselten und phantasierten, wie wohl der Kaufladen oder die Puppenküche diesmal aussehen würden. Jedes Jahr fiel meiner Mutter eine neue Verschönerung ein. Ob es der gehäkelte Teppich oder die neuen Vorhängchen in der Puppenküche waren oder der Stoffkaufladen anstelle des Krämerladens. Sie überraschte uns immer aufs neue.

Beide Damen verstanden es glänzend, uns Kindern die Zeit bis zum Heiligen Abend spannend und geheimnisvoll werden zu lassen. Natürlich halfen ihnen dabei auch der Nikolaus und der Knecht Ruprecht. Was wäre die Adventszeit ohne die Ermahnungen dieser beiden Gestalten gewesen! Alle Schandtaten der letzten Monate wußten sie, wie schauerlich! Was blieb uns anderes übrig, als Besserung zu geloben? Zur rechten Zeit hat uns die Großmutter an unsere vielleicht sogar ernst gemeinten, aber nicht eingehaltenen Versprechungen erinnert.

Plötzlich gingen wir auch abends gerne rechtzeitig zu Bett, damit unsere Mutter dem Christkind helfen konnte. Meine Schwester und ich wußten genau, daß sie und unsere Großmutter es waren, die dieses Fest von langer Hand vorbereiteten und uns den Heiligen Abend zum schönsten Tag des Jahres machten. Viel später erzählte meine Mutter, daß der Stoffkaufladen mit seinen kleinen Knopfschachteln und »Stoffballen« eine Notlösung war, weil sie nicht mehr wußte, wie sie den Krämerladen bestücken sollte. Es gab nichts mehr zu kaufen. Mit unsäglicher Phantasie und in langer Nachtarbeit bereiteten uns Mutter und Großmutter trotz Krieg einen reichen Gabentisch.

Die Weihnachtsvorbereitungen von meiner Schwester und mir gestalteten sich weniger geheimnisvoll und fanden vor allem unter der Federführung unserer Mutter statt. Sie galten dem Weihnachtspäckchen an unseren Vater. Im Gegensatz zu den vorangegangenen Jahren war laut erwähntem Merkblatt in diesem Jahr nur noch ein Minipäckchen erlaubt. Es durfte lediglich 100 Gramm wiegen. Nun war guter Rat teuer. Aber meine Mutter hatte immer ausgezeichnete Ideen, von denen wir uns anstecken ließen.

Wie jedes Jahr suchten wir am Waldrand nach einer winzigen Tanne, köpften sie und trugen die kleine Spitze, unter dem Mantel versteckt, nach Hause. Uns allen war klar, daß es eigentlich verboten war, Tännchen zu köpfen, aber unser Vater sollte doch auch seinen Christbaum von zu Hause haben. Was blieb uns also übrig – es bestand echter Handlungszwang. Meine Mutter nahm uns aber das große Ehrenwort ab, über diesen Waldspaziergang nicht zu sprechen. Er blieb unser gemeinsames Geheimnis.

Das Bäumchen hatten wir nun, aber keinen Ständer. Da alles – auch leere Fadenrollen – aufbewahrt wurde für den Fall, daß es noch einmal gebraucht werden könnte, war der Ständer rasch gefunden. Meine Mutter zersägte eine der längeren und dickeren Fadenrollen, pinselte sie grün an, steckte unsere Tannenspitze in die Höhlung, und schon stand der Minichristbaum stabil vor uns. Doch was war mit dem Gewicht? Also wurde alles gewogen, einschließlich des Verpakkungskartons und der winzigen Kerzchen. Wir lagen Gott sei Dank unter 100 Gramm. Der Baumschmuck war noch im Limit. Mit unserer schönsten Sonntagsschrift hatten wir je zwei Papierquadrate mit den Weissagungen aus dem Buch des Propheten Jesaja beschrieben. Sorgfältig knickten wir alle vier Ecken jedes Quadrats zur Mitte, klebten unseren ganz persönlichen Stern mit einem kleinen goldenen Sternchen zu, zogen einen Faden an der Spitze durch und hängten ihn stolz an Vaters Bäumchen. Für die Befestigung der Kerzchen legte meine Mutter etwas Draht bei. Liebevollst stellten wir unseren Weihnachtsgruß auf die Briefe von Mutter und Großmutter, polsterten den Karton vorsichtig aus und brachten ihn, nachdem die Verpackungszeremonie beendet war, gemeinsam zur Post. Es war unser letztes Päckchen nach Rußland.

Ein Jahr später war der Krieg zu Ende, unser Vater Pfarrer in Berchtesgaden, und wir warteten im Allgäu geduldig, bis wir umziehen konnten, denn das Pfarrhaus war von der Besatzungsmacht noch nicht freigegeben worden.

Fritz Pleitgen

Gewissensqualen

Die Sache ist längst verjährt. Aber ich werde sie nicht los. Wenn Weihnachten naht, taucht sie wie ein böser Alptraum auf. Unglücklicherweise verlängert sich meine Plagezeit von Jahr zu Jahr, denn die Geschäftswelt läßt Weihnachten immer früher nahen, um der Kundschaft möglichst lange das Geld aus der Tasche zu ziehen.

Welche Seelenpein mich ausgerechnet zum Fest der Liebe heimsucht? Ich kann es in einem Satz sagen: Der Anblick von Christbäumen ängstigt mich. Vor allem Christbäume in vollem Lichterglanz versetzen mich in panikartige Erregung. Sie werden es kaum für möglich halten, aber brennende Kerzen lösen in mir schockartig die Befürchtung aus, gleich könne von den Bäumen ein pestilenzartiger Gestank ausgehen.

Seit genau 41 Jahren leide ich unter dieser Vorstellung. Das ist eine Menge Horror für eine Missetat. Deshalb meine ich, die Sache ist nicht nur verjährt, sie ist auch abgebüßt. Aus diesem Grund traue ich mich jetzt, sie hiermit ans Tageslicht zu bringen. Hier ist also meine Geschichte, die einen Bogen zu Heinrich Spoerls Teufeln zieht und ein Stückchen der privaten kleinen Höllen widerspiegelt, die der Mensch sich so trefflich selbst zu bereiten versteht.

Ich war sechzehn. Mein Ruf in der Familie war damals nicht der beste. Insbesondere meine Geschwister hatten keine gute Meinung von mir. Sie hielten mich für unzuverlässig und wenig strebsam. Ich will darüber heute nicht streiten. Meine damalige Position war im Kreise meiner Nächsten jedenfalls nicht die stärkste. Gottlob stand meine Mutter unerschütterlich zu mir. Sie nutzte jede Chance, um mein Ansehen zu stärken.

Weihnachten stand vor der Tür. Bis dahin war es Sache meines Vaters als Familienoberhaupt gewesen, für den Christbaum zu sorgen. Glauben Sie bitte nicht, daß das eine einfache Aufgabe war. Ganz im Gegenteil! Sie verlangte nicht nur ein gutes Auge, sondern auch eine Menge Glück, um die richtige Wahl zu treffen. Warum? Ich will Ihnen das gerne erklären.

In unserer engen Wohnung war der Weihnachtsbaum für zwei Wochen ständiger Blickfang und dadurch nicht selten Objekt kritischer Bemerkungen. Mal war er zu dicht, mal war er zu karg mit Zweigen ausgestattet; mal nadelte er zu früh, oder er ließ es an der Spitze an Ebenmaß fehlen. Selbst die Autorität meines Vaters schützte unschuldige Bäumchen nicht vor abfälligen Urteilen.

Es erregte deshalb familienweites Aufsehen, als nun meine Mutter ausgerechnet mir die heikle Mission übertrug, den fälligen Weihnachtsbaum zu beschaffen. Meine Geschwister durchschauten natürlich gleich die Absicht meiner Mutter, mir eine in ihren Augen unverdiente Rehabilitierungschance zu geben. Sie sahen aus zwei gegensätzlichen Gründen ihr Weihnachtsfest gefährdet. Falls ich mit einem mißratenen Baum anrücken sollte – womit allgemein gerechnet wurde –, hätte ich für zwei Wochen die Wohnung in aufdringlichster Weise verschandelt. Sollte mir wider Erwarten doch ein guter Kauf gelingen, wäre die alljährliche Gelegenheit vermasselt, mir gründlich die Leviten zu lesen.

»Du wirst schon sehen, was du davon hast!« bekam meine Mutter zu hören. Aber diese wunderbare Frau ließ sich nicht beirren und stattete mich mit sieben Mark fünfzig aus, wofür zu damaligen Zeiten ein ansehnlicher Baum für unser kleines Wohnzimmer erworben werden konnte. Ich war bereit, meine Kritiker tief zu beschämen.

Unglücklicherweise konnte ich den Elan des ersten Augenblicks nicht nutzen, da ich zum Fußballspielen abgeholt wurde. Verpflichtungen ähnlicher Qualität hinderten mich auch in den nächsten Tagen daran, die erforderlichen Kaufschritte zu unternehmen. Beunruhigt beobachtete ich währenddessen, daß mir ständig glücklich lächelnde Menschen mit Weihnachtsbäumen begegneten.

Zu Hause wußten meine Geschwister meine Besorgnis durch Sticheleien zu steigern. Auch meine Mutter begann, Fragen zu stellen. Ich versuchte daraufhin, ihr die noch nicht erfolgte Beschaffung marktwirtschaftlich zu erklären. Kurz vor Heiligabend würden erfahrungsgemäß die Bäume – auch gut gewachsene – zu Niedrigpreisen angeboten. Es war – wie sich herausstellte – nicht nur eine Notlüge, sondern auch eine Fehlspekulation.

Als ich am Spätnachmittag vor dem Heiligen Abend endlich über die Weihnachtsbaum-Verkaufsstellen hetzen konnte, bot sich mir überall das gleiche triste Bild. Im grauen Pappschnee lagen kümmerliche fichtenartige Gewächse. Dazwischen irrten verzweifelt aussehende Menschen herum, deren Not mit horrenden Preisaufschlägen ausgenutzt wurde. Für sieben

Mark fünfzig war nichts mehr zu holen. Ich war als Kunde ausgegrenzt.

Von Natur eigentlich optimistisch, verfiel ich in die tiefste Depression. Mir war todschlecht. Ich erwog ernsthaft, noch am selben Abend die 150 Kilometer von meinem ostwestfälischen Wohnort Bünde nach Bremen zu trampen, um dort auf einem Schiff anzuheuern und frühestens in fünf Jahren als weitgereister und gemachter Mann zurückzukehren. In ähnlicher Stimmung traf ich einen Schulkameraden an, der ebenfalls mit dem Baumkauf zu lange gewartet hatte, aber wegen der zu befürchtenden Seekrankheit andere Fluchtpläne hegte.

Während wir noch unsere Überlegungen zu koordinieren versuchten, stolperte fluchend ein Mann in den besten Jahren an uns vorbei. »Alles Schrott, alles Beschiß«, stieß er lauthals und ohne Rücksicht auf das bevorstehende Christfest ein um das andere Mal hervor, was wir nur schreckensstumm bestätigen konnten. Mit sicherem Blick machte er uns als Menschen in gleicher Bedrängnis aus. »Kommt mit! Wir holen uns die Bäume aus dem Wiehengebirge.«

Der Vorschlag war so überzeugend, daß Unrechtsgefühle erst gar nicht aufkamen. Wir bestiegen, zum Äußersten entschlossen, das geräumige Gefährt des Mannes und begaben uns auf den zehn Kilometer langen Weg ins Wiehengebirge. Unsere Hochstimmung verflüchtigte sich, als unser Fahrer laut darüber nachdachte, ob er seine Lizenz als Taxi-Unternehmer verlieren könnte, falls wir beim Schlagen der Weihnachtsbäume erwischt würden. Noch mulmiger wurde uns zumute, als er beim Einbiegen in den Waldpfad das Licht an seinem Wagen ausschaltete.

An der ersten Schonung schickte er uns mit einem Fuchsschwanz in das Dunkel und wendete sein Fahrzeug, um notfalls auch ohne uns davonzupreschen, falls Gefahr in Gestalt eines Försters oder der Polizei nahen sollte. Kameradschaftlich fanden wir das nicht, aber umsichtig.

Zeit zum Nachdenken blieb keine, blindlings machten wir uns an die Arbeit. Wenige Minuten später brausten wir – immer noch ohne Licht – mit vier Bäumen im Wagen davon. Als wir die Hauptstraße erreichten, breitete sich schlagartig statt der vorherigen Angst schierer Übermut aus. Der Taxi-Unternehmer plagte sich nicht mehr mit der Gefahr des Lizenzentzuges, sondern überlegte laut, wie er den vierten Baum veräußern könnte.

Mein Freund und ich dachten derweil darüber nach, welche Geschenke wir unseren Müttern mit den für die Weihnachtsbäume vorgesehenen Geldern kaufen könnten. Auf dem Hof des Taxifahrers prüften wir im Scheinwerferlicht seines Autos, was wir dem dunklen Tann entrissen hatten. Zu unserer eigenen Verblüffung waren alle vier Bäume makellos gewachsen. Gelungener konnte ein Coup nicht sein! Mit dieser Story – darin waren mein Freund und ich uns einig – würden wir bei unseren Klassenkameraden und – noch besser – bei den Mädchen mächtig Punkte machen; in gebührendem zeitlichen Abstand, versteht sich.

Zu Hause ertrug ich gerne die Schelte für mein spätes Kommen. Die Frage nach dem Baum beantwortete ich mit einem beiläufigen »Längst im Keller«, was sofort überprüft wurde. Der Ärger meiner Geschwister und die Freude meiner Mutter über den gutgeratenen Baum waren etwa gleich groß, wie sich bei mir Triumph und schlechtes Gewissen die Waage hielten. Am Morgen des Heiligen Abends kaufte ich für das Baumgeld von sieben Mark fünfzig einen Zuckerlöffel für meine Mutter. Das Weihnachtsfest konnte beginnen.

Während mein Vater mit meinen Brüdern und mir in die Küche verbannt wurde, schmückte meine Mutter mit meiner Schwester den Baum und breitete auf dem Tisch die Geschenke aus. Durch die geschlossene Tür konnte ich hören, wie die Schönheit des Baumes und die bislang unbekannte Zuverlässigkeit des Familienjüngsten gelobt wurden.

Je länger ich zuhörte, desto peinlicher wurde mir mein Verhalten bewußt. Ich hatte mir die Anerkennung auf krumme Tour erschlichen. Mein Unbehagen schlug in Panik um, als ich meine Schwester sagen hörte, das Klauen von Weihnachtsbäumen würde streng verfolgt. Wer nicht auf frischer Tat erwischt würde, könnte auch später ertappt werden. Die Revierförster hätten alle Schonungen besprüht. Geklaute Bäume würden in der Zimmerwärme bestialischen Gestank verbreiten, der durch das ganze Haus zöge.

Halb bewußtlos vor Angst taumelte ich in unser Wohnzimmer, als meine Mutter und meine Schwester uns traditionell mit dem Lied »Ihr Kinderlein, kommet« zur Bescherung hereinriefen. Ich bekam weder die Umarmung meiner Mutter für den Zuckerlöffel noch die falsche Anerkennung meiner Geschwister für den Baum mit. Mit stierem Blick starrte ich das geklaute Stück wie einen Feind an, der jeden Augenblick mit übelstem Geruch zum Angriff auf unsere Feiertagsstimmung antreten konnte. Ganz besinnungslos war ich allerdings nicht, denn ich hielt mich während des ganzen Abends in der Nähe der Tür auf, um beim ersten Alarmzeichen gleich nach Bremen durchzustarten.

Der Baum sonderte keine Gerüche ab. Aber ich blieb wachsam. Die Stinkbombe konnte immer noch losgehen, dachte ich mir und sann über Gegenstrategien nach. Am nächsten Tag plädierte ich dafür, die Kerzen nicht mehr anzuzünden, um frühen Nadelfall zu verhindern. Doch meine Schwester hielt meine Fürsorge für überflüssig. Einen so frischen Baum hätten wir noch nie gehabt, lobte sie, was mich auch nicht glücklicher machte.

Schließlich versuchte ich eine Diskussion über den Wert und Sinn von Weihnachtsbäumen in Gang zu bringen. Erwachsene könnten darauf verzichten, so meine These. Es half nichts. Der Baum behauptete seinen Platz, verlor keine Nadel und wurde erst nach dem Dreikönigstag unter ehrenden Worten aus der Wohnung getragen. Aber damit war er immer noch nicht weg. Als später zu verwendendes Brennholz wurde er bis zum nächsten Herbst aufbewahrt.

Erst als der Baum völlig verfeuert war, konnte ich aufatmen. Aber es war zu spät. Die monatelange Nervenanspannung hatte ihre Wirkung getan. Der Baum war für die Zeit meines Lebens in jeder Zelle meines Organismus verwurzelt. Jahrzehnte später empfinde ich das Klauen von Weihnachtsbäumen immer noch als einen schlimmen Frevel. Absolution hat mir das bislang nicht verschafft. Die Strafe geht weiter. Nun bin ich als Familienvater beauftragt, Jahr für Jahr den Weihnachtsbaum zu beschaffen. Keiner meiner Angehörigen begreift meinen Fimmel, daß ich gleich losrenne, wenn die ersten Angebote auf den Markt kommen, wo ich doch sonst immer so spät in Gang zu setzen bin. Meine Kinder verstehen erst recht nicht, daß ich sie jedesmal zum Aussuchen und Kaufen des Weihnachtsbaumes mitschleppe; meist in aller Herrgottsfrühe, um als erste unsere Wahl zu treffen. Wie soll ich ihnen erklären, daß ich sie als Zeugen brauche? Weshalb? werden Sie fragen. Ich will einfach nicht in den Verdacht kommen, daß ich den Weihnachtsbaum unrechtmäßig erworben haben könnte.

Ich habe mich inzwischen damit abgefunden, daß ich die Erinnerung an den geraubten Weihnachtsbaum nicht mehr loswerde. Doch ich gebe nicht auf. Ich trachte nach ausgleichender Gerechtigkeit. Mein Plan steht bereits fest: Ich werde in meinem Vorgarten eine schöne Tanne pflanzen; als Köder gewissermaßen. Wird sie mir – worauf ich baue – geklaut, dann habe ich endlich Anspruch auf inneren Frieden. Halten Sie das für eine übertriebene Hoffnung?

Marie-Luise Marjan

Das Christkind in den Dünen

Endlich hatte ich einmal spielfrei über Weihnachten. Meistens war Vorstellung während der Jahre meiner Theaterengagements. Gerade über Weihnachten will man doch gerne mit der Familie ins Theater. Morgens Matinee-Lesung, nachmittags Weihnachtsmärchen »Die Schneekönigin« und abends der große Klassiker »Käthchen von Heilbronn«. Nachtvorstellung: »Es war Hitlers Dienstmädchen«. Und ein wenig feiern wollte ich ja schließlich auch noch – mit Tannenbaum und Kerzenschein.

Der zweite Weihnachtstag brachte ein ähnlich volles Programm und die Tage danach ebenso – bis hin zu Silvester und Neujahr. Weihnachtszeiten sind für einen Schauspieler sehr anstrengende Zeiten, und Freizeit ist ein Fremdwort.

Um so mehr freute ich mich, daß mein Gastspiel »Schwarzer Jahrmarkt« von Günther Neumann am Ernst-Deutsch-Theater in Hamburg vor Weihnachten abgeschlossen war und ein neues Stück den Spielplan bestimmte. Ensuite-Vorstellungen und samstags und sonntags Doppelvorstellungen, das schlaucht, bei aller Freude für die Sache. So nahm ich mit meiner Kollegin Sylvia Anders mit Begeisterung eine Einladung nach Sylt an. Der Kollege Eberhard Storeck betrieb in Kampen eine kleine Familienpension, in der sich zu Weihnachten ein buntes Künstlervölkchen einfand,

Schauspieler, Sänger, Designer, kurz: künstlerisch schaffende Menschen, die an den Feiertagen allein waren. In seinem reetgedeckten Haus am Watt schuf Eberhard eine einmalige Atmosphäre – keiner sollte sich alleine fühlen, und alle zusammen waren wir für diese heilige Nacht eine selbsternannte Familie.

Eberhard kochte wunderbar. Er bestimmte den Speiseplan für das Weihnachtsfest, und er stand selbst in der Küche. Wollten seine Gäste ihm helfen, gab es großen Protest. Die blau-weiß gekachelte Küche war sein Reich – sein Geheimnis.

Wir sollten es uns in der Wohnstube am Kachelofen gemütlich machen, die Wanduhr mit dem großen Pendel ticken hören, durch die Butzenscheiben über den Gartenzaun schauen, uns in die Motive der Delfter Kacheln vertiefen, den blauen Segelbooten mit den geblähten Segeln hinterherträumen ... oder einfach entspannen und unseren Gedanken nachhängen. Zwischen den weißen, gerafften Gardinchen baumelte ein Strauß verblaßter Buschwindröschen, die an vergangenen Sommerwind erinnerten. Ein kleiner Weihnachtsbaum stand schlicht geschmückt neben dem Kachelofen. Aus der Küche drangen Brutzelgeräusche. Es duftete verdächtig nach Gänsebraten. Eine handgestickte Tischdecke zierte den langen Gästetisch. Es würde wohl noch einige Zeit dauern, bis der Weihnachtsschmaus aufgetischt würde.

Sylvia und ich wollten uns die Beine vertreten, einen kleinen Abendspaziergang machen, nicht weit, nur ums Haus, wie wir beim Hinausgehen versicherten. Die Luft roch salzig, nach Meer. Es war ein wenig feucht, der erste Schnee war gefallen.

Wir gingen den Hohlweg hinunter zum Watt und

überquerten die Wiese. Ich öffnete ein Gatter, das morsch in den Angeln hing, und brachte es mit einem Ruck wieder in die ursprüngliche Position. Mein Handschuh fiel herunter, ich griff danach und faßte in ein hüpfendes Etwas, das mir durch die Finger witschte. »Ein kleiner Krebs. Wie kommt der auf die Wiese?« – »Der hat sich beim Abendspaziergang verirrt«, lachte Sylvia und intonierte mit unnachahmlicher Stimme: »Unsere Vorspeise ... weeehehhhhch ...« Wir giggelten und stapften weiter über die schneebedeckte Wiese auf den Hauptweg zu, der im Sommer von Kutschen befahren ist – voll schnatternder Touristen, wie wir uns ausmalten. Jetzt herrschte eine wunderbare Ruhe.

Gedämpft plaudernd schlenderten wir am Rande des Watts dahin, immer weiter ... Ich verließ den Weg, rannte ins Watt, um nach Getier zu suchen. »Was willst du denn da, es ist doch alles gefroren«, rief Sylvia. – »Nein, nein, schau mal, hier bewegt sich etwas – schau, eine Riesenblase im Schlamm! Komm schnell, darunter verbirgt sich sicher ein Krebs«, rief ich aufgeregt. Und tatsächlich kam unter der Blase eine graugepanzerte Schere zum Vorschein. Ich bückte mich tiefer, und husch war das Tier seitwärts in ein Loch verschwunden. »Na, du Krebsjäger, war wohl nichts«, neckte mich Sylvia. Ich watete unbeirrt weiter, setzte vorsichtig einen Fuß vor den anderen, um all das Leben zu entdecken, das sich möglicherweise unter der Erdkruste verbarg. Eine Möwenschar kreiste am Horizont und stürzte plötzlich kreischend in den Schlamm. »Krebse«, hauchte ich. Sylvia konnte mich nicht mehr hören. Die Dämmerung setzte ein. Sylvia winkte: »Kooooommmmm!« Das Wasser stieg im

Watt. Ich schaute zum Horizont. Welch ein Licht – so einen Himmel hatte ich noch nie gesehen: von blassem Blaugrau über gleißendes Silber bis zu Grauschwarz – ein unwirklicher Himmel, wie er auf den Gemälden von El Greco zu finden ist. Ich riß mich von dem faszinierenden Anblick los. Wir liefen zügiger weiter, die unheimliche Stimmung trieb uns an, wir redeten unwillkürlich etwas lauter.

Plötzlich umfingen uns dichte Nebelschwaden. »Es wird dunkel und neblig, kehren wir besser um, sonst verpassen wir noch den Weihnachtsschmaus.« – »Der Weg gabelt sich – gehen wir zurück oder den Hügel hoch, durch die Dünen?« – »Kennst du den Weg?« fragte Sylvia. – »Nein, aber mein Orientierungssinn sagt mir, daß wir den Hügel hinauf müssen, dann haben wir die Wiese abgeschnitten – das ist kürzer«, schlug ich vor. – »Dein Wort in Gottes Ohr«, brummte Sylvia, »ich seh jetzt schon kaum noch die Hand vor den Augen!«

Beherzt schritten wir weiter. Es wurde immer stiller um uns – der Nebel immer dichter. Die Möwen hörten wir nicht mehr, und unsere Gespräche verstummten.

Und dann fing es an zu schneien. Sah so die heilige Nacht aus, in der Christus geboren ward? Dunkelheit ringsumher, kein Stern am Himmel, nur Kälte und Schnee? In der Bibel steht, daß der Stern über Bethlehem leuchtete:

Und es waren Hirten in derselben Gegend auf dem Felde bei den Hürden, die hüteten des Nachts ihre Herde.

Wir waren allein – kein Mensch weit und breit. Wir tasteten uns durch den Nebel, Schritt für Schritt. Der Boden unter uns gab immer mehr nach, wir sanken ein. »Ich glaub, wir haben den Weg verfehlt«, hauchte ich. – »Au«, stöhnte Sylvia, »mein Fuß – ich bin umgeknickt!« – »Beweg dich nicht.« Ich tastete nach ihrer Hand. Sylvia hockte am Boden. Ich setzte mich zu ihr. Das Fußgelenk schwoll an. »Auch das noch«, jammerte Sylvia.

Und der Engel sprach zu ihnen: Fürchtet euch nicht! Siehe, ich verkündige euch große Freude, die allem Volk widerfahren wird.

Ich umfaßte Sylvia. Sie stützte sich auf mich, und zusammen humpelten wir weiter. Es schien eine Ewigkeit zu vergehen, bis wir endlich in der Ferne ein Licht sahen.

Denn euch ist heute der Heiland geboren, welcher ist Christus, der Herr, in der Stadt Davids.

»Wir müssen uns an das Licht halten – da ist unser Dorf.« Wir schritten mutiger voran, immer auf das Licht zu, immer geradeaus. Plötzlich war das Licht verschwunden. Wir waren in eine tiefe Mulde geraten.

Und das habt zum Zeichen: ihr werdet finden das Kind in Windeln gewickelt und in einer Krippe liegen.

Schnee trieb uns in die Augen, Wind kam auf, die Kälte kroch uns den Rücken hoch.

Sylvia setzte sich schwer atmend in den Schnee und fuhr sich mit der Hand durch die nassen Haare. »Es ist ein Ros entsprungen …«, kam es leise über ihre Lippen, »aus einer Wurzel zart, wie uns die Alten sungen …« – »Wir müssen weiter«, mahnte ich, »nicht sitzen bleiben, wir müssen raus aus der Mulde, müssen das Licht wiederfinden.« Sylvia rappelte sich auf. Immer wieder rutschten wir auf dem sandigen Dünenboden aus, bis wir, auf allen vieren kriechend, endlich oben auf dem Hügel ankamen.

Und alsbald war da bei dem Engel die Menge der himmlischen Heerscharen, die lobten Gott und sprachen …

Das Licht war wieder deutlich zu sehen, unruhig flackerte es hin und her, und in der Ferne erkannten wir schemenhaft das Gatter auf der Wiese. »Sylvia – wir sind bald da, nur noch den Hohlweg hoch, und dann sind wir wieder am Haus«, beruhigte ich meine Freundin.

Ehre sei Gott in der Höhe und Friede auf Erden und den Menschen ein Wohlgefallen!

Wir hörten aufgeregte Stimmen. »Haaaallooooh ... Haaaallooooh ...« Unsere Gastgeber und Freunde hatten uns schon vermißt und mit Taschenlampen und Laternen nach uns gesucht. Unter aufgeregten, freudigen Wiedersehensbekundungen setzten wir uns erleichtert zu Tisch. Die Weihnachtsgans würde uns für all unsere Aufregungen entschädigen. Der geheimnisvolle würzige Duft aus der Küche ließ uns das Wasser im Munde zusammenlaufen.

Und dann kam Eberhard aus der Küche mit einem großen Tablett. Mit feierlicher Miene servierte er kalte Sülze in Aspik. Sylvia und ich schauten uns an, unsere Gesichter wurden immer länger. »So ist es Inselbrauch – in der Heiligen Nacht speisen wir bescheiden, aber morgen, am ersten Weihnachtstag, gibt es das üppige Weihnachtsmenü: die Weihnachtsgans, mit allen Köstlichkeiten – ich hab schon mal für morgen vorgekocht«, erklärte Eberhard.

Ich stocherte lustlos in der Sülze herum, und Sylvia trank einen Schluck Tee.

Wir fuhren zur Mitternachtsmesse in die kleine Dorfkirche von Keitum. Auf schmalen Holzbänken saßen wir dicht an dicht. Sylvia verzog das Gesicht. Ihr Knöchel schmerzte, trotz der vorsorglich angelegten Binde mit essigsaurer Tonerde. Mein Magen knurrte – ich war hungrig. Ergriffen lauschten wir der frohen Botschaft Gottes: *Denn euch ist heute der Heiland geboren.* Der Klang der Orgel ließ die Herzen erzittern, und inbrünstig sangen wir »Stille Nacht, heilige Nacht …«, und jeder hatte dabei so seine eigenen Gedanken.

Marianne M. Raven

Weihnachten unter der Sonne

Weihnachten, das Fest der Liebe und der Familie, mit Kerzenschein und frischgebackenen Plätzchen ... So kennen wir es in Deutschland. Wie aber feiert man in anderen Ländern und Kulturen das Weihnachtsfest – zum Beispiel in der Dominikanischen Republik?

Seit 1987 arbeitet »PLAN«, das internationale Kinderhilfswerk, in der Dominikanischen Republik und betreut dort – wie in 40 anderen Ländern der Dritten Welt – unter dem Motto »Hilfe zur Selbsthilfe« ca. 30000 Patenkinder, ihre Familien und Gemeinden.

Die sechsjährige Pamela Diaz lebt mit ihren Eltern und Geschwistern in dem Dorf Barreras an der südlichen Küste der Insel Hispaniola, westlich der Hauptstadt Santo Domingo. In dieser Gegend sind die Lebensbedingungen besonders schlecht. Die Infrastruktur ist schwach entwickelt, es gibt nur eine kärglich ausgestattete Grundschule und kaum medizinische Versorgungsmöglichkeiten; das vorhandene Trinkwasser aus dem nahe gelegenen Fluß oder den öffentlichen Wasserhähnen ist oftmals verseucht und damit Krankheitsüberträger Nummer eins, die hygienischen Bedingungen sind schlecht, es gibt kaum Latrinen.

Die kleine Pamela erzählt: »Weihnachten ist meine Lieblingszeit im Jahr. Ich freue mich schon lange vorher auf das gute Essen und ein schönes neues Kleid. Eigentlich ist der ganze Dezember ein besonderer

Monat. Meine Mutter backt dann die ›dulces‹, das sind kleine Süßigkeiten, und macht uns frischen Fruchtsaft. Sie sagt, ihr gefällt an der Weihnachtszeit, daß es nicht so heiß ist wie sonst. Im Dezember und Januar ist die kühlste Jahreszeit, es sind dann nur 27 oder 28 Grad. Aber bei uns in der Gegend ist es immer viel heißer als in der Hauptstadt Santo Domingo, sagt mein Bruder.

Weihnachten wird bei uns am 24. Dezember gefeiert. Dann trifft sich die ganze Familie. Sogar mein großer Bruder Miguel kommt aus der Hauptstadt, wo er arbeitet. Darauf freue ich mich ganz besonders. Letztes Jahr hat er sogar seine Freundin mitgebracht! Meine Großeltern sind auch da, aber sie müssen nicht von weit her anreisen, denn sie leben in Barreras. Die Abuela – so nenne ich meine Oma – bringt immer einen leckeren Braten mit, Huhn oder auch mal einen Truthahn. Meine Mama kocht auch ganz tolle Sachen für das Weihnachtsfest. Manchmal gibt es sogar Spanferkel – das mag ich besonders gern! Dazu essen wir dann Reis und Salat, aber auch lange Brote und Spaghetti. Und natürlich ganz viele frische Früchte. Hmmm … ich freue mich schon jetzt auf die Äpfel, Birnen und Trauben. Bei uns sind Äpfel und Birnen nämlich etwas ganz Seltenes. Meistens gibt es nur Bananen, Mangos und Ananas.

Die ganze Familie ist fröhlich, und oft kommen auch gute Freunde vorbei. Im Radio gibt es Weihnachtslieder, aber auch Tanzmusik. Wir Dominikaner tanzen nämlich für unser Leben gern und zu Weihnachten ganz besonders! Letztes Jahr habe ich mit meiner Cousine Lisette getanzt. Ich kann schon ein bißchen Merengue, so heißt der Lieblingstanz auf unserer Insel. Die Erwachsenen haben alle geklatscht, als wir getanzt haben. Beim Tanzen werde ich immer durstig, und dann gibt es frischen Fruchtsaft, und die Erwachsenen trinken Fruchtpunsch mit Rum oder Cola mit Rum oder Bier.

Die Familie meiner Freundin Yocaty hat sogar einen Weihnachtsbaum. Einen richtigen kleinen Baum, den Yocatys Mutter mit bunten Kugeln und Lichtern schmückt. Das sieht ganz toll aus, wenn er dann im Licht erstrahlt – ganz fröhlich und festlich! Ich hätte auch gern so einen Baum zu Hause, aber meine Eltern sagen, daß wir dafür leider nicht genug Geld haben.

Ganz spät nachts gehen wir alle zusammen in die Kirche. Das ist sehr schön und gefällt mir, weil wir da gemeinsam Weihnachtslieder singen. Wenn wir nach Hause kommen, wird weitergefeiert, aber ich bin dann schon ganz schön müde vom vielen Tanzen und Singen und gehe bald ins Bett.

Am nächsten Morgen, wenn ich aufwache, laufe ich ganz schnell zu unserem Tisch, um zu schauen, ob der Nikolaus mir Süßigkeiten oder andere schöne Sachen gebracht hat. Vielleicht bekomme ich ja dieses Jahr ein paar neue Schuhe, denn meine alten sind schon kaputt und abgewetzt.

Den ganzen Tag ist unsere Familie zusammen, und zwischendurch kommen viele Freunde und Verwandte in unser kleines Haus, um ›Feliz Navidad‹ zu wünschen. Alle tragen ihre besten Kleider und freuen sich über die fröhlichen Tage. So ist das bei uns zu Weihnachten.«

Bruno Albrecht

Oase der Besinnung

»Weniger ist mehr, gar nichts ist noch besser«, das ist seit vielen Jahren mein Wahlspruch zu Weihnachten. Ein Urerlebnis im Weihnachtsrummel von New York war der Auslöser.

Als ich Ende der sechziger Jahre einige Vorweihnachtszeiten und Weihnachtsfeste in New York »erlebte«, versuchte meine deutsche Seele gegen die dort ablaufende Materialschlacht zu rebellieren. Meine kleine Seele war aber nicht stark genug, um öffentlich dagegen anzustürmen. Meinen Unmut habe ich nur meinen amerikanischen Freunden und Geschäftskollegen kundgetan.

Überraschenderweise waren sie spontan meiner Meinung, daß dieser Rummel ein Affront gegen die menschlichen Empfindungen ist. Dieses nie endende Glockengeklingel aus fünf bis zehn Quellen gleichzeitig, dieses Geglitzer, dieser Kampf der Kaufhäuser, Einzelhändler und Gastronomiebetriebe, um immer noch größere Aufmerksamkeit zu erheischen. Ich empfand es als Attacke auf unser emotionales, humanes und geistiges Empfinden. Unsere Empfindungsstruktur samt unserem gesunden Menschenverstand wird ausgerechnet zur Weihnachtszeit kaputtreflektiert, welch ein Anachronismus!

Überall fand ich Menschen, die diese Art von Wettlauf in der Vor-Vorweihnachts- und Weihnachtszeit verabscheuten. Jedes Jahr noch buntere Bäume, noch mehr Dekoration, noch mehr Klingelingeling, noch schrillere Weihnachtsliederkonserven aus unzähligen Boxen, noch mehr tanzende Weihnachtsmänner und ein noch früherer Beginn dieses Konsumwettlaufspektakels, das kein Spektakulum, sondern ein unendlicher Verkaufspromotionswettkampf ausschließlich um immer größere Umsätze ist. Die Menschen wissen also, daß all dies vom Weihnachtsfestgedanken nicht nur Lichtjahre entfernt ist, sondern einen Anschlag auf unser Echtheitsempfinden und unsere Kinderträume bedeutet.

In meiner Phantasie habe ich mir damals vor 30 Jahren vorgestellt, Jesus würde plötzlich in der Vorweihnachtszeit in dem Moloch New York auftauchen und sehen, was da zur Feier seiner Geburt zwei Monate lang abläuft. Da fragte ich mich: Würde er selbst noch an die Erlösung der Menschen glauben angesichts dieses Rummels, der in New York auch noch dadurch verstärkt wird, daß von überall her Weihnachtstouristen, »Weihnachtsschlachtenbummler«, in die Stadt geflogen kommen?

Jesus, der Revolutionär in Sandalen, der die Bescheidenheit als Voraussetzung für Glück vorgelebt und gepredigt hat, würde in New York kein einziges bescheidenes, leises und undekoriertes Plätzchen finden, um sich von den Eindrücken zu erholen und zur Ruhe und Besinnung zu kommen.

Damals habe ich mir ausgemalt, was passieren würde, wenn eines der bekannteren Kaufhäuser oder Gastronomiebetriebe plötzlich den Rummel nicht mitmachen würde. Ich war mir hundertprozentig sicher, daß diese Betriebe von vielen Menschen gerade wegen ihres gegenläufigen, leisen und bescheidenen Auftritts um so mehr aufgesucht würden. Sie könnten den Menschen den Sinn von Weihnachten eher näherbringen als alle Betriebe, die diesen Rummel, diesen Tanz ums Goldene Kalb zu Weihnachten veranstalten. Und sie würden darüber hinaus viel Geld sparen.

Inzwischen haben die Deutschen beim Weihnachtsrummel mit den Amerikanern nahezu gleichgezogen. Auch hier wird den Menschen dieser Rummel kommerziell aufgezwungen, gegen ihren innersten Willen, genau wie die Werbung im Fernsehen, obwohl wir wissen, daß die Mehrheit diese Kaufrausch-Hektik um Weihnachten verabscheut. Es ist schon merkwürdig: Viele stöhnen, aber fast alle machen mit. Es kommt einer Massenhysterie gleich. Je edler das Geschenk unterm Weihnachtsbaum, um so mehr liebt man sich – glauben viele. Ein reines Gewissen schaffen mit einem wertvollen Geschenk? Die Weihnachtszeit als eine Zeit der Besinnung, der Einkehr zu nutzen und damit sich und anderen und Gott näher zu sein, verliert sich immer mehr.

Irgendwie hatte ich mich damit abgefunden, daß man gegen solche Ströme (mainstreams) als einzelner kaum etwas tun kann, bis zu einem Zeitpunkt vor circa vier Jahren. Es war kurz nach der Eröffnung meines Gastronomiebetriebes in Düsseldorf, wo täglich mehr als 1000 Gäste betreut werden. Ich sollte den Vorschlag meines Geschäftsleiters über unsere Weihnachtsdekoration absegnen. Da kam mir mein New-York-Erlebnis wie eine Erleuchtung in den Sinn – was denn passiert, wenn einer ausschert und nichts tut, das heißt, es so macht, wie Jesus es gut fände.

Da war es auch schon entschieden: kein Tannenreis,

kein Baum, keine Kugel, kein Weihnachtslied, kein Klingelingeling, sondern wie jeden Tag italienische Piazza-Atmosphäre tagsüber und italienische Restaurant-Atmosphäre am Abend.

Der Effekt war in der Tat, daß kein Gast wegblieb, sondern eher mehr kamen als vorher. Ganz neue Kunden entdeckten die Oase inmitten der Weihnachtshektik im Ozean des Weihnachtsrummels. Unsere Gäste hatten bei uns das Gefühl von Geborgenheit und spürten, daß sie sich vom Trubel um uns herum erholen konnten. Manche haben es nicht einmal gemerkt, andere haben es jedoch registriert, daß wir bewußt nichts getan haben. Diejenigen, die es registrierten, haben uns dazu gratuliert und kamen fortan jeden Tag in ihre Oase, wo ihnen weihnachtlicher zumute war als überall. Wenn Jesus heute ein Plätzchen suchen würde, er wäre sicher unser Gast, zumindest in der Weihnachtszeit.

»Nur wer gegen den Strom schwimmt, kommt zur Quelle.«

Ist Jesus nicht auch gegen den Strom geschwommen?

Georg Uecker

Weihnachten@suchen.de

Nicht nur früher hatte sie Weihnachten geliebt. Besonders die Gerüche. Sie, deren Geruchssinn sich normalerweise darauf beschränkte, seit über zwanzig Jahren das gleiche billige Parfüm zu benutzen, weil es ihr in ihrem unsteten Leben ein Gefühl von Sicherheit und Kontinuität gab. Gerüche hatten ihr nie besonders viel bedeutet, so daß ihre Freunde sie wohl für einen eher unsinnlichen Menschen hielten, ein Eindruck, dem zu widersprechen sie aufgegeben hatte. Sowohl ihre äußerst puritanisch-protestantische Kindheit wie ihre Befreiung aus diesen Fesseln hatten sie zu einer Skeptikerin ihrer Sinne werden lassen, der die Klarheit ihrer Gedanken die Vergänglichkeit von verblassenden Bildern und verklingenden Tönen erst erträglich machte. Daß sie als intelligent und freundlich, aber auch als spröde und kontrolliert galt, hatten ihr selbst ihre Liebhaber zu verstehen gegeben. Manchmal glaubte sie sich selber im Wege zu stehen, weil sie die Welt eher zu begreifen als zu erleben trachtete. Aber Anfang Dezember kehrte regelmäßig diese irrationale Sehnsucht nach Gerüchen, Tönen und Bildern zurück. Wenn sie abends aus der Redaktion nach Hause kam, legte sie meistens die völlig zerkratzte Langspielplatte mit Weihnachtsliedern des Tölzer Knabenchors auf, die sie als Kind von ihrer Großtante geschenkt bekommen hatte. Ihre kleine Altbauwohnung verwandelte sich in ein Meer von

Weihnachtssternen, Kerzen und Tannengrün. Das Wort »Kitsch« schien aus ihrem Wortschatz gestrichen. Auf dem Flur hing einer dieser Plastikweihnachtsmänner, die, wenn man an Ihnen vorbeiging, durch Sensoren gesteuert über einen eingebauten Chip laut »Fröhliche Weihnachten« wünschten. Sie kaufte immer mehr Schokolade, Nüsse und Mandarinen, als sie jemals essen würde. An den letzten Abenden vor Weihnachten liebte sie es, sofern es ihr der Beruf erlaubte, alleine in ihrem dekorierten Refugium zu entspannen, bevor sie Heiligabend zu ihren Eltern fuhr. Aber dieses Jahr sollte alles anders kommen.

Nicht nur früher hatte er Weihnachten gehaßt. Die kalendarisch programmierte Besinnlichkeit, die hohlen Rituale und die kleinbürgerliche Gemütlichkeit. Der Gedanke an Glühwein und Christstollen bereitete ihm physisches Unbehagen. Seine Kindheitserinnerungen an das angebliche Fest der Liebe hatten sich im Lauf der Jahre auf seine erschöpfte Mutter, seinen trinkenden Vater, auf kratzende Konfirmandenpullis und pädagogisch wertvolle Geschenke, über die er sich nicht freuen konnte, reduziert. Während er elf Monate des Jahres ein eher extrovertierter Freund des ekstatischen Vergnügens und der sinnenfreudigen wie besinnlichen Verlockungen war, überkam ihn spätestens am ersten Advent ein Ekel vor Weihnachtskugeln, Sprühschnee und blinkenden Lichterketten. So buchte er schon am Jahresanfang für die Weihnachtszeit eine Reise in irgendeine abgelegene Region, irgendwohin, wo Weihnachten ein Fremdwort war, weshalb ihm diesmal Tibet als das perfekte Ziel erschien. Aber dieses Jahr sollte alles anders kommen.

Ihr Ressortchef hatte sie gebeten, für die Weihnachtsausgabe eine Art moderne Weihnachtsgeschichte zu schreiben, und ihr dabei völlig freie Hand gelassen. In ihrer Kladde hatte sie lediglich notiert: 8000–9000 Zeichen. Redaktionsschluß: 21. Dezember. Wahrscheinlich wußte er von ihrem geradezu fetischistischen Verhältnis zu adventlichen Devotionalien und Ritualen. Sie, die klare Analytikerin, rhetorisch brillante Kolumnistin und Interviewerin, sollte über etwas schreiben, zu dem sie so gar keine Distanz hatte. Ihre Liebe zu Weihnachten hielt sie ja selber in klaren Momenten für die Achillesferse ihres Intellekts. Seufzend setzte sie sich vor ihren Computer, zündete sich eine Zigarette an und begann im elektronischen Archiv zu suchen, worüber ihre Kollegen in den Vorjahren denn so geschrieben hatten. Es war der 19. Dezember – nur noch rund zwei Tage!

Als die Ärzte ihm mitteilten, daß eine Chemotherapie seine Heilungschancen erhöhen würde, starrte er regungslos aus dem Fenster. Er versuchte in sich hineinzuhorchen, aber das einzige, was er realisierte, war der vor dem Fenster herabfallende Schnee. Die Situation kam ihm so pathetisch und unwirklich vor, daß er gar nicht mehr wahrnahm, wie die Ärzte auf ihn einredeten. Weiße Schneeflocken wie weiße Blutkörperchen. Leukämie statt Lhasa.

Um sich an einem klaren Gedanken festzuklammern, überlegte er, wieviel Prozent seine Reiserücktrittskosten-Versicherung ihm nur vierundzwanzig Stunden vor Abflug noch erstatten würde. Schon seit Monaten hatte er sich schlecht gefühlt, ein Zustand, den er auf seine Arbeitsüberlastung als Programmierer eines expandierenden Internet-Providers zurückführte. In dunklen Herbstnächten hatte ihn zwar gelegentlich die Ahnung beschlichen, es könne etwas mit seiner Gesundheit nicht stimmen, aber er hatte es immer wieder geschafft, diese Gedanken beiseite zu schieben. Bis es vergangene Woche bei den Routineuntersuchungen und Impfungen für seine bevorstehende Reise kein Verdrängen und Ignorieren mehr gab.

Die Gewißheit über seinen Zustand gab ihm ein absurdes Gefühl von Stärke und Trotzigkeit. Er vereinbarte mit seinen Ärzten, bereits am übernächsten Tag die Behandlung zu beginnen. Als er über den endlos scheinenden Krankenhausflur schlurfte, fiel sein Blick auf das Kruzifix über dem Raucherzimmer. »Lattenjupp« hatte er ihn früher mal als Kind genannt, wofür ihm sein empörter Vater eine schallende Ohrfeige gab.

Es war der 19. Dezember – nur noch rund zwei Tage!

Völlig ziellos surfte sie durchs Internet. Sowohl ihre Kollegen als auch die Putzkolonne waren längst gegangen. Ihr aufsteigendes Hungergefühl hatte sie kettenrauchend betäubt, auch ihr Zeitgefühl schien aufgehoben. Draußen war es wesentlich stiller als gewöhnlich, weil die Schneedecke die sonst üblichen Geräusche, die von der Straße vor dem Verlagshaus bis in ihr Büro im zehnten Stock drangen, dämpfte. Im Internet hatte sie Weihnachtsgedichte jeglicher Couleur gelesen, hatte die Homepage eines selbsternannten Weihnachtsmannes, Online-Kaufangebote für Weihnachtstand und Christnippes, Bastel- und Backtips und Pamphlete religiöser Eiferer unter dem Eintrag »Weihnachtsbekehrung« gefunden. Wie viele Stunden sie schon vor dem Computer gesessen hatte, als sie seine Homepage fand, wußte sie nicht mehr, über unendlich viele Links war sie auf eine giftgrüne Seite gestoßen, auf der in schwarzer Schrift erschien:

> »Eli, Eli, lama asabthani?« – Weihnachtshasser sucht menschliche Trutzburg gegen Sentimentalität, die ihm trotzdem die Angst nimmt, daß dies sein letztes Weihnachtsfest sein könnte. Suchender@suchen.de

Irritiert und fasziniert starrte sie auf diese Zeilen. Vielleicht könnte sie ja eine Geschichte schreiben, die nur aus e-mails zwischen einer rationalen Weihnachtsliebhaberin und einem bibelzitierenden Weihnachtshasser bestehen würde …

Völlig unfähig, mit jemandem zu sprechen, war er mit dem Taxi aus der Klinik nach Hause gefahren. Geflohen. Der mitteilungsfreudige und joviale Taxifahrer hatte so lange auf ihn eingeredet, daß er völlig benebelt und erschöpft zu Hause angekommen war. Die Einsamkeit in seiner Wohnung erschien ihm wie ein Zustand der Schwerelosigkeit. Mit einer Flasche Rotwein setzte er sich vor seinen Computer und gab den Internet-Suchbegriff »Leukämie« ein. Er las von Behandlungsmethoden und Ursachen, von Überlebenden und Toten, von Therapien und Selbsthilfegruppen. Bei seinem dritten Glas Brunello kam es ihm genauso absurd wie logisch vor, daß er Heiligabend im Krankenhaus verbringen würde. Unter der Obhut von »Lattenjupp« an dessen angeblichem Geburtstag. Wie passend für jemanden, der Weihnachten haßte … Beim Suchen nach den Informationen der »Ersten

Leukämie Infobase« (ELI) klickte er unkonzentriert auf einen anderen ELI-Eintrag und fand sich nach ein paar Sekunden auf der Seite der »ELI-EVANGELISTEN« wieder:

> Und von der sechsten Stunde an ward eine Finsternis über das ganze Land bis zu der neunten Stunde. Und um die neunte Stunde schrie Jesus laut und sprach: Eli, Eli, lama asabthani? das ist: Mein Gott, mein Gott, warum hast du mich verlassen? (Matthäus 27,45–46)

Tränen schossen aus seinen Augen, als würde er diesen Spruch zum erstenmal begreifen. Verlassen. Es mußte Jahre her sein, daß er zum letztenmal geweint hatte. Viele Jahre. Um seinem Gefühlschaos Ausdruck zu verleihen und seine Gedanken zu ordnen, klickte er auf seine Homepage. Wie schon seit Monaten begrüßte ihn seine Startseite mit dem Zitat »Der Computer ist die logische Weiterentwicklung des Menschen: Intelligenz ohne Moral«! Der Aphorismus wich der Verzweiflung wie seine Tapferkeit der rotweingetränkten Angst, als er John Osborne durch Matthäus ersetzte. Die Einsamkeit in seinem Zimmer wurde bleiern, während aus der Nachbarwohnung chorische Weihnachtsmusik herüberklang, die einen seltsam beunruhigenden Eindruck auf ihn machte. Unfähig, sich von seinem Stuhl zu erheben, überkam ihn die Sehnsucht, mit jemandem zu kommunizieren. Aber niemand würde ihn anrufen, da Freunde und Familie ihn schon auf dem Weg zum Frankfurter Flughafen wähnten. Er schrieb weiter …

– Warum hast Du Angst, daß dies Dein letztes Weihnachtsfest sein könnte? Dir mailt eine weibliche Trutzburg, die sich gerade die saisonale Sentimentalität gönnt.
– Ich habe fast noch mehr Angst, daß dies mein ERSTES Weihnachtsfest seit langem ist. Brunello
– Weich nicht aus, Brunello. Was ich auf Deiner Homepage las, wirkte so ehrlich. Verletzlich. Ich liebe Weihnachten auf eine geradezu infantile Art und Weise.
– Ich würde gerne morgen Weihnachten feiern, weil ich übermorgen verreise. Gewissermaßen. Ich würde es zumindest probieren, um zu sehen, ob ich etwas verpasse. Wie soll ich Dich nennen?
– Wenn Du Brunello bist, nenn mich Kellergeister. Bist Du krank?
– Ja, Kellergeister. Leukämie. Reiseziel unbekannt. Pauschalreise ohne Rückflugticket. Last-Minute-Buchung, habe erst heute von der bevorstehenden Reise erfahren. Sorry, will Dich nicht belasten …
– Belaste mich ruhig, Brunello. Kennst Du das Zitat: »Gelobt sei die Krankheit, denn die Kranken sind ihrer Seele näher als die Gesunden«?
– Das kann nur jemand geschrieben haben, der gesund war. Eine halbe Wahrheit ist nicht die Hälfte einer ganzen. Ich wäre meiner Seele momentan lieber nicht so nah. Ach, vergiß, was ich gesagt habe. Frohe Weihnacht, falls Dir das was bedeutet. Entschuldigung, ich kann nicht mehr …

In dieser Nacht schlief sie so unruhig wie schon lange nicht mehr. Noch über eine Stunde hatte sie auf Nachricht von Brunello gewartet, aber er hatte sich nicht mehr gemeldet. In ihrer Phantasie malte sie sich aus, was für ein Mensch er sei, ob er auch nicht schlafen könne, wo und wie er lebte. Mitten in der Nacht hatte sie eine Eingebung. Sie setzte sich im Morgenmantel an ihren Laptop, zündete sich eine Zigarette an und versenkte sich erneut in die virtuelle Welt, auf der Suche nach einem realen Weihnachtshasser, der sich unter dem Nickname »Brunello« eigentlich nichts mehr wünschte, als Weihnachten zu feiern …

Es schneite schon wieder. Oder immer noch? Er hatte den Tag damit verbracht, seine »Reise« vorzubereiten. Einen Pyjama zu kaufen, den Inhalt seines halbgepackten Tibet-Koffers auf eine krankenhauskompatible Reisetasche zu verteilen und zu baden. Tatsächlich hatte den ganzen Tag das Telefon nicht geklingelt, weil ihn ja sowieso keiner zu Hause vermutete. Als er die Startseite seiner Homepage aufrief, kam es ihm so vor, als habe gestern irgendeine Sentimentalität durch ihn hindurchgeschrieben – ohne seine Beteiligung. Weg damit, »Delete«-Taste, leeres Grün auf dem Bildschirm. Er schrieb: »BIN BALD WIEDER DA!« Als er gerade dabei war, die verderblichen Lebensmittel aus seinem Kühlschrank zu räumen, und im Fernsehen eine Daily-Talk-Show mittleren Schwachsinns lief, klingelte es an der Tür. Erschreckt und geradezu konsterniert schlich er zu seiner Gegensprechanlage, wobei er krampfhaft überlegte, wer vor der Tür stehen könne. Ach natürlich, die Männer von der Müllabfuhr hatten noch nicht mit der leicht geöffneten Hand ihre geradezu selbstlosen Weihnachts- und Neujahrsgrüße überbracht. Sein etwas zu harsches »Wer ist da?«

wurde durch eine freundliche und fremde Frauenstimme am anderen Ende der Gegensprechanlage mit »Deine Freundin Kellergeister« beantwortet. Wie angewurzelt blieb er mit dem Hörer in der Hand stehen, äußerlich regungslos, schoß ihm das Blut in den Kopf. War er an eine Verrückte geraten, oder hatte ein eifriger Hacker am Vorabend mitgelesen?

»Was ist, soll ich hier draußen festwachsen?«

»Nein, ich … vierter Stock links.«

Sein Atem ging schneller, als er ihre Schritte im Treppenhaus hörte. Noch könnte er die Tür schließen und niemanden hereinlassen. Beim letzten Absatz nahm sie zwei Stufen auf einmal und lächelte ihn dabei an. Als sie vor ihm stand, mußte er unwillkürlich lachen, weil seine Verlegenheit ihn an die schlimmsten Auswüchse seiner Pubertät erinnerte.

»Du wolltest doch heute Weihnachten feiern? Ich habe alles mitgebracht, was wir dafür brauchen.«

Sein Staunen überraschte sie nicht, und noch bevor er fragen konnte, klärte sie ihn auf, wie sie seine Adresse mit Hilfe der weiteren Informationen seiner Homepage, des e-mail-Verzeichnisses der Suchmaschine und der Komfortauskunft der Telekom in mühseliger Kleinarbeit herausgefunden hatte.

»Ich habe so etwas noch nie gemacht, aber ich habe das Gefühl, daß es richtig war«, sagte sie wie zur Entschuldigung, als sie in seiner Küche den Christstollen und den Glühwein auspackte, den Tisch mit Tannengrün und Kerzen dekorierte und eine bunte Lichterkette an der Küchenlampe befestigte. Hoffentlich fragte er sie nicht, was sie beruflich machte. Bei ihren Kollegen hatte sie sich mit den Worten verabschiedet, sie müsse für ihre Weihnachtsgeschichte recherchieren.

»Wie weit bist du gefahren?« fragte er, immer noch ungläubig.

»Nicht viel mehr als eine Stunde«, spielte sie ihre fast dreistündige Fahrt im klapprigen Fiesta durch den Schneematsch auf deutschen Autobahnen herunter. »Ich weiß, das hier ist alles unvernünftig und albern, ich bin auch keine Frau auf der Suche nach einem Mann, aber …«

»Aber?«

»Nachdem du dich gestern nicht mehr gemeldet hattest, hatte ich so ein schlechtes Gefühl. Ich wollte nicht oberschlau wirken.«

Sein langes Schweigen war sehr schwer zu deuten.

»Soll ich lieber wieder gehen?«

»Nein, laß uns Weihnachten feiern. Oder so was Ähnliches. Was ich mir gestern im angetrunkenen Zustand gewünscht habe, kann heute nicht so verkehrt sein.«

Es wurde ein schönes und skurriles Weihnachtsfest für beide. Abwechselnd wunderten sie sich über den anderen oder über sich selbst. Ein unvernünftiges Gefühl in der Verkleidung der journalistischen Vernunft hatte über ihre gedankliche Klarheit gesiegt. Die Erwartungs- und Verantwortungslosigkeit gegenüber dieser fremden Frau empfand er als befreiend und beruhigend. Keine Vorgeschichte, keine Rituale, keine Floskeln. Nur der Augenblick zählte. Sie versprachen sich gegenseitig, sich nie wiederzusehen, um dem Abend den Druck zu nehmen und ihm seine Einmaligkeit zu lassen.

Nach dem Glühwein tranken sie Brunello und bestellten sich bei einem Lieferservice das italienische Weihnachtsmenü, während sie über alles redeten, was ihnen einfiel: über das Weihnachten ihrer Kindheit, ihre Lieblingsfilme und Beziehungskrisen, über Gerüche und Erinnerungen. In den frühen Morgenstunden schlief er auf seinem abgewetzten Sofa ein, während sie ihn noch eine ganze Weile beobachtete. Leise schloß sie beim Hinausgehen die Wohnungstür. Ihr wurde schlagartig klar, daß sie keine Weihnachtsgeschichte schreiben konnte, wie sehr sich ihr Ressortchef auch darüber aufregen mochte. Es hatte endlich aufgehört zu schneien. In ihrem Fiesta klappte sie die Rückenlehne ihres Sitzes so weit wie möglich zurück, um vor der Autofahrt ihren Rausch auszuschlafen. Den Rückspiegel drehte sie so, daß sie die kleine Balkontür seiner Wohnung im vierten Stock erkennen konnte, in deren Fenster ihre bunte Lichterkette fahl reflektierte. »Frohe Weihnacht, Brunello«, flüsterte sie noch, bevor sie einschlief.

Heidemarie Wieczorek-Zeul

Wie das Christkind den Deutschen eine Weihnachtsbaumsteuer schenkte …

Es war wie immer, der gleiche Streß wie in jedem Jahr. Die Tage wurden kürzer, das Wetter diesig, und die Menschen schauten erwartungsvoll auf das, was unmittelbar bevorstand: das Weihnachtsfest. Überall wurden wundersame Wunschzettel ausgefüllt und auf die nebelfeuchten Fensterbänke gelegt, die Kaufleute im ganzen Land füllten eifrig ihre Schaufenster und harrten des Ansturms der Menschenmassen.

Das Christkind seufzte tief. Alle Jahre die gleiche Leier: Was soll ich den Deutschen denn in diesem Jahr zum Geschenk machen? Nicht, daß die Deutschen keine Wünsche hätten, nicht, daß das Christkind sich in all den vergangenen Jahren nicht besondere Mühe mit diesem etwas schwierigen Volk gemacht hätte. Aber den Deutschen zu ihrem Glück zu verhelfen, das war auch für das Christkind eine wahre Sisyphusarbeit.

Was tun in diesem Jahr? rätselte unser Christkind und blickte fragend zum Himmel. Genau, da saßen sie ja, die vielen selbsternannten Beraterinnen und Berater, die sich im Laufe der Jahre in den Fluren und Gängen der göttlichen Herrschaft breitgemacht hatten.

Kommt alle zusammen, und laßt uns beratschlagen, wie wir den Deutschen in diesem Jahr ein großes Geschenk des Himmels zukommen lassen können, rief das Christkind. Also saßen sie da, in Reih und Glied, die Alten, die Weisen, die Jungen, die Stürmischen. Ein großes Wehklagen und Jammern setzte ein.

Ich verstehe die Deutschen nicht, hob der Umweltexperte an. Vor vielen, vielen Jahren haben wir den Deutschen die schönsten und kräftigsten Wälder auf dieser Erde geschenkt. Und was haben sie daraus gemacht? Kahle Hügel, Waldruinen, saure Böden. Sie wissen unsere Geschenke nicht zu würdigen, schenken wir den Deutschen doch gleich eine schöne, sandige Wüste.

Der Sportratgeber pflichtete eilig bei: Dreimal haben wir den Deutschen in den letzten Jahrzehnten die Fußballweltmeisterschaft geschenkt – und das war immer ein Stück harte Arbeit –, und was machen die Jungs? Statt wie die Götter aufzuspielen, pflügen sie die schönsten Stadien um wie ein Kartoffelfeld und bleiben in den eigenen Furchen erbärmlich hängen. Schenken wir ihnen doch ein paar Brasilianer, Franzosen, Kroaten oder, wenn sie es annehmen, auch ein oder zwei Niederländer und Engländer.

Sie sind verrückt, die Deutschen, ergänzte der Arbeitsspezialist. Haben wir den fleißigen Deutschen nicht jede Menge Arbeit und damit Vollbeschäftigung zukommen lassen? Und dann? Sie schaffen einfach die Arbeit ab und lassen die Menschen auf der Straße stehen. War das unser Ziel, ist das der göttlich vorgegebene Sinn des Lebens? Lassen wir die neue Technologie der Transpermissionalogie über dieses Volk regnen, und sie werden wieder ausreichend Beschäftigung finden.

Was waren die Deutschen einmal für ein tolles und richtungweisendes Kulturvolk, erinnerte sich die Kulturbeauftragte. Über viele Jahre haben wir sie reichlich mit Kulturtempeln gesegnet. Und heute? Ein Theater, eine Oper, eine Kleinkunstbühne nach der anderen wird zugemacht, verkauft, umgewidmet in Supermärkte oder Autohäuser. Es ist ein Grausen mit diesen Deutschen. Schenken wir ihnen endlich einen eigenen Kulturbeauftragten im Bundeskanzleramt.

Das Christkind blickte fragend in die Runde. Noch ein Vorschlag, meine Beraterinnen und Berater? Zaghaft hob der Finanzspezialist seinen Zeigefinger. Ich hätte da eine neue Idee, liebes Christkind. Sozusagen eine weihnachtliche Innovation. Laß hören! riefen die versammelten Berater aufgeregt und durcheinander. Vielleicht, schlug der Finanzratgeber vor, werden die Deutschen nicht besonders glücklich, wenn man ihnen etwas schenkt, sondern nur, wenn man ihnen etwas wegnimmt. Hört, hört, ein kleiner Revolutionär, schallte es aus den Beratermündern. Der will wieder nur beim Haushaltstitel »Geschenke für die Deutschen« seinen berüchtigten Rotstift ansetzen, wehrte sich sofort der Deutschlandexperte. Schon aus grundsätzlichen Gründen, versteht sich.

Laßt es mich zu Ende führen, sprach der Finanzberater. Ihr alle klagt über die Vergeblichkeit eurer Geschenke an die Deutschen in der Vergangenheit. Hat uns nicht die Erfahrung gezeigt, daß die Deutschen das Los der persönlichen finanziellen Belastung von allen Völkern dieser Welt am duldsamsten ertragen und daß in diesem Land sich neue Belastungen und Steuern bis in alle Ewigkeit halten, ohne daß es zu einer besonderen Undankbarkeit gekommen wäre? Also schlage ich vor, den Deutschen als Geschenk in diesem Jahr eine Christbaumsteuer abzunehmen, quasi als die krönende Baum-Spitze der Weihnachtstage.

Super, klasse, ein großer Wurf, die beste Idee, die im Himmel jemals geboren wurde, jubelte der Zuständige für Innenausstattung und Dekoration, in dessen Verantwortung alljährlich das Weihnachtsfest organisiert wurde. Auch die anderen Beraterinnen und Berater zeigten sich begeistert. An dieses Weihnachtsfest werden sich die Deutschen noch lange erinnern, echote es unisono.

Das Christkind blickte in die Runde. Alle einverstanden? Widersprüche? Gegenstimmen? So beschlossen. Ich bin zufrieden, auf ein Neues dann im kommenden Jahr, schloß das Christkind die Sitzung mit einem Dank an alle Teilnehmer. Einstimmig wurde der Finanzberater für den göttlichen Verdienstorden vorgeschlagen.

Und wer sich nun in Deutschland über steigende Preise für den Christbaum wundert, sollte durch diese Geschichte wissen, daß weder der Finanzminister des Bundes oder die der Länder noch die Städte und Gemeinden oder eine parteiübergreifende Allianz, weder die Globalisierung noch die Raffgier der Christbaumhändler daran Schuld trägt. Es ist allein ein ungewöhnliches Geschenk des Christkindes.

Georg Winter

Der Silvesterkarpfen
oder
Die Geschichte zum verrosteten Glöckchen

Zwei Angler auf der Lombardsbrücke
vertrauten standhaft ihrem Glücke.
Die Stunden schlug Sankt Petri Uhr,
nie regte sich die Angelschnur.

Da lupft der eine seine Rute.
»Ein Fisch«, ruft er mit heißem Blute,
»ein Fisch an meiner Angel hängt,
wie man nicht zwei im Leben fängt!«

Der Karpfen ward an Land gezogen,
bestaunt, gemessen und gewogen.
»Halt«, sprach der andre, »sei gescheit
und warte ab die Karpfenzeit.

Silvester wirst du Gäste haben,
und dann verspeisen wir den Knaben.
Bis dahin laß ihn noch in Ruh'
und wieder in die Alster tu.

Du kannst ihm doch zum Wiederfinden
ein Glöckchen um die Kiemen binden.«
Der erste fand's gut ausgedacht,
und, wie besprochen, ward's gemacht.

Am Weihnachtstag die Angler gingen,
daß sie den Prachtfisch wiederfingen,
doch an der Alster sah man nur
manch' Backfisch, der dort Schlittschuh fuhr.

Auf Knien krochen sie ganz leise,
den Fisch zu orten unterm Eise,
und lauschten Stunden, bis ihr Ohr
fest an des Eises Decke fror.

»Still«, raunt der eine, »hörst du's läuten?«,
der andre haucht: »Ja, ganz von weitem.«
Jäh zupft der erste ihn am Rock:
»'s ist nur Sankt Petri Weihnachtsglock'.«

Was mich mit den Autoren verbindet

Dr. Bruno Albrecht: In seinem Restaurant in Düsseldorf gibt es die leckersten italienischen Spezialitäten.

Gräfin Sonja Bernadotte: Sie ist Gründungsmitglied des Kinderhilfswerks »PLAN International – Patenschaften Dritte Welt«, und das letzte Silvesterfest auf der Mainau mit ihrer Familie war ein Traum.

Jan Eik: Diesem Autor bin ich im Ullstein Verlag begegnet.

Manfred Erdenberger: Immer wieder gelingt es ihm, in »Mittwochs mit …« die Gäste aus der Reserve zu locken – so auch mich.

Prof. Justus Frantz: Als Fördermitglied seiner »Philharmonie der Nationen« verdanke ich ihm viele unvergeßliche Konzertabende auf Schlössern in Norddeutschland.

Dr. Maximilian Gege: Wir kämpfen gemeinsam mit B.A.U.M. für die Umwelt.

Hans W. Geißendörfer: Er ist mein Mentor, ist Produzent, Autor und Schöpfer der Rolle der Helga Beimer in der TV-Serie *Lindenstraße.*

Hans-Dietrich Genscher: Wie viele Geburtstage habe ich mit ihm, mit Barbara und seinen Freunden in seinem Haus gefeiert …

Tamara Groeger-von Solodkoff: Bei ihr, der Kochbuchautorin, gab es die leckerste Borschtschsuppe …

Christiane Herzog: Im Schloß Bellevue habe ich mit ihr in der TV-Sendung »Zu Gast bei Christiane Herzog« frischen Zander zubereitet.

Dr. Klaus Kinkel: Anläßlich der »Cora«-Benefizveranstaltung seiner Frau auf Burg Namedy erzählte er mir als mein Tischherr begeistert von seiner außenministeriellen Tätigkeit.

Barbara Knoch: Die Präsidentin des Mutter-Beimer-Fan-Clubs Zürich ist unermüdlich im Einsatz für die *Lindenstraße.*

Prof. Dr. Guido Knopp: Dieser von mir verehrte Historiker sagte spontan ja – zu meinem Weihnachtsbuch.

Hannelore Kohl: Uns verbindet Spontaneität.

Horst Kordes: Von diesem Maler besitze ich ein Bild, das über meinem Bett hängt.

Dr. Gabriele Krone-Schmalz: Als Laura-Biagiotti-Models in Berlin waren wir unschlagbar.

Dieter Kürten: Nach dem »Ball des Sports« habe ich mit ihm in der »Ente vom Lehel« in Wiesbaden fröhlich gebruncht.

Johann Lafer: Eine Spezialität habe ich mit diesem TV-Meisterkoch gemeinsam: »Forelle à la Erich«.

Wolf von Lojewski: In der ZDF-Sendung »Die bessere Hälfte« hatten wir uns judomäßig am Gürtel.

Sigo Lorfeo: Unser sympathischer Paolo aus der *Lindenstraße* kann nicht nur singend mit Gläsern, sondern auch mit Worten jonglieren.

Bill Mockridge: »Mein Erich« aus der *Lindenstraße* ist der Mann, der mich ohne Worte versteht.

Prof. Dr. Wolfgang Ockenfels: Dieser humorvolle Theologe hat bei Sabine Christiansen heftig mit mir diskutiert und um »die Wahrheit« gerungen.

Ute-Henriette Ohoven: Bei der UNESCO-Veranstaltung »Kinder in Not« schwingen wir gemeinsam die Loskübel.

Fritz Pleitgen: Mein langjähriger Intendant des WDR, Protektor der *Lindenstraße,* war mein Tischherr auf dem Petersberg bei Bonn anläßlich des Empfangs einer Delegation aus Moskau.

Marianne M. Raven: Unser gemeinsamer Einsatz für »PLAN International« verbindet uns seit zehn Jahren.

Walter Riester: ›So sieht ein Arbeitsminister aus – so zart und sensibel?‹ fragte ich mich auf dem »Medientreff« in Düsseldorf.

Dr. Jürgen Rüttgers: Auch mit ihm habe ich beim »Medientreff« von Manfred Schmidt ein Gläschen getrunken.

Michael Prinz von Sachsen-Weimar und Eisenach: Mit ihm und seiner Familie habe ich manches Fläschchen geleert und dabei über Weimar und Goethe philosophiert.

Rudolf Scharping: Er hat mir alle Bücher geschenkt, die er geschrieben hat.

Trudeliese Schmidt: Seit ihrer Jenufa von Janáček an der »Deutschen Oper am Rhein« gehöre ich zu ihren Bewunderern.

Ulla Schmidt: Das Lachen dieser SPD-Frau ist einfach ansteckend.

Dulcie Smart: Sie kommt aus Neuseeland und hat als Irin W. Snyder in der *Lindenstraße* »meinen Erich« verführt – was soll man dazu sagen?

Prof. Klaus Staeck: Seine Grafiken und politischen Plakate haben mich fast ein wenig erschreckt – und sehr neugierig gemacht.

Dr. Udo Stein: Mit ihm, einem Freund aus dem »Liberalen Netzwerk«, habe ich den Ölberg im Siebengebirge erklommen.

Peter Striebeck: Ein langjähriger Wegbegleiter – schon als Schauspielschüler bei Prof. Eduard Marks, später dann als Schauspielkollege und Intendant am »Thalia Theater« in Hamburg.

Prof. Dr. Rita Süssmuth: Beim zehnjährigen Jubiläum von »Mona Lisa« waren wir »frauenpowermäßig« vertreten.

Danièle Thoma: Sie ist seit fünfzehn Jahren im Einsatz für RTL und hat mit ihrem französischen Charme geholfen, manche Tür zu öffnen.

Georg Uecker: Er ist mehr als Carsten Flöter in der *Lindenstraße:* Autor, TV-Projektentwickler und hinreißend komisch als Moderator.

Dr. Guido Westerwelle: Mit ihm war ich für das »Liberale Netzwerk« im fußballerischen Einsatz.

Günter Wewel: Seine ARD-Sendung »Kein schöner Land« hat ein Millionen-Publikum – ich durfte mit ihm mein Lied »Ich wünsch' dir einen schönen guten Morgen« singen.

Heidemarie Wieczorek-Zeul: Die Entwicklungshilfeministerin und ich haben einen gemeinsamen Dichter-Freund.

Dr. Georg Winter: Das Umweltengagement für B.A.U.M. verbindet uns.